E.T.A. HOFFMANN
（1776–1822）

霍夫曼奇想集之
怪诞故事

［德］E.T.A. 霍夫曼 / 著
朱佳 / 译

重庆出版社

图书在版编目（CIP）数据

霍夫曼奇想集之怪诞故事 /（德）E.T.A.霍夫曼著；朱佳译. -- 重庆：重庆出版社，2025.6. -- ISBN 978-7-229-19613-4

Ⅰ.I516.44

中国国家版本馆CIP数据核字第2025DD1272号

霍夫曼奇想集之怪诞故事
HUOFUMAN QIXIANG JI ZHI GUAIDAN GUSHI

[德]E.T.A.霍夫曼 著 朱 佳 译

责任编辑：邹 禾 唐弋淄 魏映雪
装帧设计：徐 图
插图绘制：刘 逍
责任校对：杨 婧
排版设计：池胜祥

重庆出版社 出版

重庆市南岸区南滨路162号1幢 邮政编码：400061 http://www.cqph.com
重庆市鹏程印务有限公司 印刷
重庆出版社有限责任公司 发行
邮购电话：023-61520656

开本：890mm×1230mm 1/32 印张：7.375 字数：121千
2025年6月第1版 2025年6月第1次印刷
ISBN 978-7-229-19613-4
定价：52.00元

如有印装质量问题，请向本社调换：023-61520678

版权所有　侵权必究

霍夫曼的自画像

霍夫曼的画作，作品名为《艺术家》

霍夫曼为《胡桃夹子与鼠王》创作的插图

目录 / Contents

沙　人　　　　　　　　　001

除夕夜的冒险　　　　　063

荒　屋(首版1817)　　113

陌生的孩子　　　　　　159

沙人

纳坦奈尔致洛塔

　　我这么久没有写信，你们大家肯定都很担心。母亲或许是生气，而克拉拉则可能认为我在这里花天酒地，把她这个深印在我心灵和脑海中的可爱天使的形象忘得一干二净。但事实并非如此；我每一天、每一刻都想着你们，可爱的小克拉拉那亲切的身影出现在我甜蜜的梦中，用她明亮的眼眸对我优雅地微笑，和我走向你们时，她总是挂着的笑容一样。唉，我怎么能在精神分裂的情绪下给你们写信呢，这种情绪直到现在都让我的思绪杂乱无章！我的生活中闯入了可怕的事情！被厄运威胁的不祥预感，就像乌云的阴影笼罩在我的头顶，一缕温暖宜人的阳光都无法穿透。而我现在应该告诉你，我都遭遇了什么。我很清楚我必须这么做，然而我只是想想，都会让我禁不住发疯似的大笑。唉，我亲爱的洛塔！我究竟该如何开始，才能让你多少有些感同身受，几天前发生在我身上的事情，真的会如敌人一般摧毁我的生活！要是你在这儿，你就可以亲眼见证；但现在你肯定认为我是一个耽于臆想的荒唐之人。简而言之，发生在我身上的可怕事情，我竭力摆脱它留下的负面印象,却徒劳无功。无非是几天前,即10月30日中午12点,一位卖天气瓶①的小商贩走进我的房间并向我兜售他的商品。我什么都没买,还扬言要把他扔下楼,但他倒是自己走了。

你或许猜到,只有非常私人的、在我的生活中根深蒂固的关系,才会对我产生重要的影响。是的,那个倒霉的小贩一定对我产生了敌意。事实也的确如此。我竭尽所能地振作精神,以便平静而耐心地向你讲述我年少时的诸多事情,这样就能使一切都化作清楚明晰的画面,呈现在你浮想联翩的脑海中。在我正想开始的时候,听到你笑了,而克拉拉则说:"这实在是幼稚!"笑吧,我求你们,发自内心地笑话我吧!求求你们!但苍天可鉴!在我像弗朗茨·摩尔乞求达尼尔②那样乞求你们笑话我时,我毛骨悚然,濒于绝望。现在言归正传!

除了午餐时间,我和我的兄弟姐妹在白天很少见到父亲,他可能是忙于他的工作。按老规矩,晚饭时间是七点钟,晚饭后我们所有人——母亲和我们——去父亲的书房,围坐在一张圆桌旁。父亲抽着烟,还喝着一大杯啤酒。他经常给我们讲许多奇妙的故事,讲到忘乎所以,以

---

① 也称为风暴瓶。是一种天气预报工具。密闭的玻璃容器中,装入数种化学物质组成的透明溶液。根据外界温度的改变,瓶内会展现出不同形态的结晶,预报天气的变化。

② 德国作家席勒的戏剧作品《强盗》中的人物。

至于他的烟斗总是熄灭，我便把引火纸递给他，帮他把烟斗重新点燃，这曾是我的最大乐趣。然而很多时候他只会丢给我们一些绘本，一言不发地僵坐在沙发椅上吞云吐雾，把我们都笼罩在烟雾中。在这样的夜晚，母亲就会非常伤心，时钟刚敲过九点，她就说："好了，孩子们！上床睡觉了！上床睡觉了！沙人来了，我已经察觉到了。"然后我真的每次都听到楼梯上有沉重、缓慢的脚步声，那一定就是沙人。

有一次，那种沉闷的脚步声在我听来格外恐怖，便在母亲领我们离开时问她："哎呀，妈妈！那总是把我们从父亲身边赶走的可恶沙人究竟是谁？他到底长什么样？""没有什么沙人，我亲爱的孩子，"母亲回答道，"我说沙人来了，只是表示你们困得连眼睛都睁不开，就好像眼睛里被撒了沙子一样。"

母亲的回答并没有让我满意，一个清晰的想法在我幼稚的头脑成形，母亲只是为了消除我们对沙人的恐惧，才矢口否认他的存在，我可是总能听到他上楼梯的声音的。我满怀好奇，想了解更多关于这个沙人以及他与我们这些孩子的关系，终于我询问了照顾我小妹妹的老妇人：这个沙人究竟是个什么样的人？

"哦，小纳坦奈尔，"她回答说，"你还不知道吗？那是一个坏人，当孩子们不想睡觉时，他就会来找他们，往他们的眼睛里撒一把沙子,血淋淋的眼睛从脑袋上崩落。他把这些眼睛扔进袋子,在月半时像喂雏鸟一样喂给他自己的小孩子,他的小孩儿们坐在巢里,有猫头鹰嘴那样尖尖的喙,这样他们就能啄走顽皮的人类孩子的眼睛。"

我在脑海中描摹出阴森的沙人形象;而只要楼梯在傍晚时咯噔作响,我就会因为害怕和惊恐而簌簌发抖。除了含泪结结巴巴地大叫:"沙人!沙人!"我的母亲从我嘴里问不出其他的话。然后我便跑进卧室,整晚都因为沙人的可怕模样而备受折磨。

等到我足够大了,也看得出老女佣讲述的有关沙人以及月半时他孩子的巢穴大概并不完全属实。尽管如此,沙人对我来说仍然是一个可怕的怪物。当我听到他不仅爬上楼梯,而且还猛地拉开我父亲的房门闯进去时,惊恐便会攫住我。有时他离开很长时间,之后他又一次次来得愈加频繁。这样的情形持续了很多年,我却仍然无法对这阴森的怪物习以为常,在我心中也从未淡忘沙人那骇人的形象。他与父亲的来往开始越来越多地占据我的想象:我碍于一种无法克服的胆怯,不敢去问我父亲这件事,但随着时间的推移,我对自己探寻这个秘密,目睹这个神秘莫测的沙人的兴趣,越来越大。沙人使我对奇妙、冒险之事着迷,这些东西本来就容易吸引孩子。没有什么比听或读妖精、女巫、拇指人等等惊悚故事更让我喜欢的了;然而和

《霍夫曼奇想集之怪诞故事》　　＊ 繁华大街上的荒屋　刘逍 / 绘
Ernst Theodor Amadeus Hoffmann

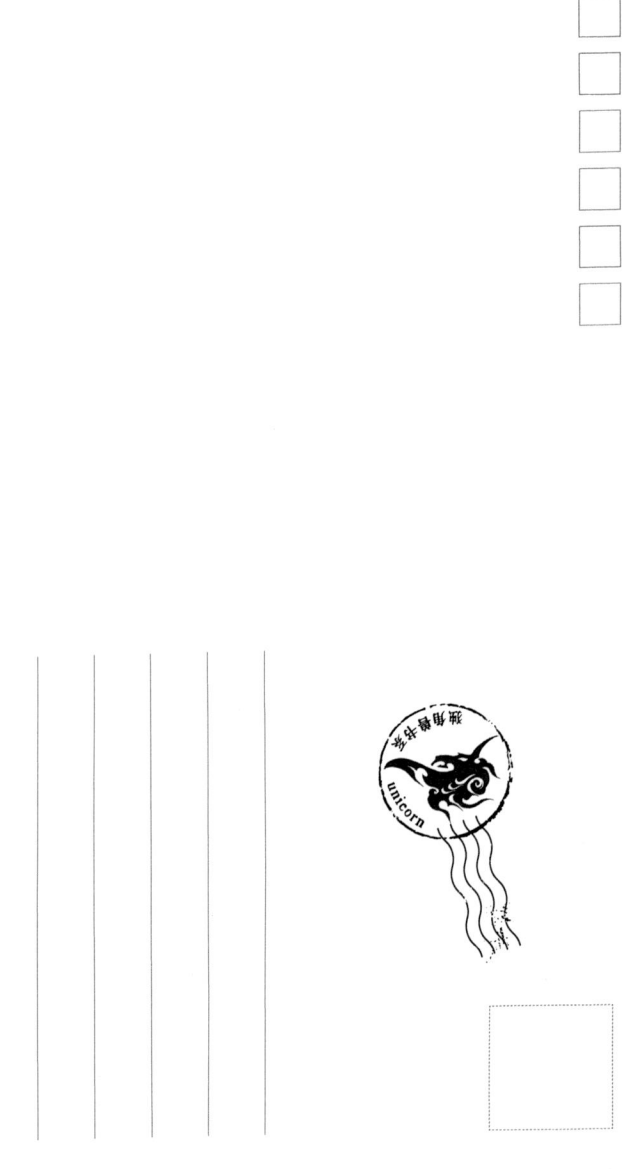

它们相比，沙人一直是我的最爱，我用粉笔和炭笔在桌子、橱柜和墙上画满了他最古怪、最丑陋的样子。

我十岁的时候，母亲让我从儿童房搬去一个小房间，它和父亲的房间在同一条走廊上，并且相距不远。每当九点钟的钟声敲响，屋子里传来那个陌生人的声音时，我们就得赶紧离开。在我的小房间里，我听到他进入我父亲的房间，不久之后，我觉得屋子里弥漫着一股沁人心脾的古怪香气。好奇心助长了我费尽心思想认识沙人的勇气。我常在母亲经过房门后悄悄溜出房间，来到走廊上，但我从没偷听到只言片语，因为每当我赶到沙人应该现身的位置时，他都早已进门了。最终，抑制不住的渴望驱使我下定决心要藏在父亲的房间里，并在那儿等待沙人的到来。

一天晚上，从父亲的沉默和母亲的悲伤中，我意识到沙人要来了；于是我假装非常困倦，九点不到就离开了房间，躲在靠近门口的一个角落里。大门嘎吱作响，缓慢而沉重的脚步声隆隆地穿过走廊，走向楼梯。母亲带着我的兄弟姐妹从我的藏身之处匆匆走过。悄悄地，悄悄地，我打开了父亲的房门。他像往常一样背对着门僵硬地坐着，一言不发，他没有注意到我，我便迅速溜了进去，躲在窗帘后；窗帘掩着一个门边敞开的衣柜，里面挂着父亲的衣物。越来越近，脚步声越来越近，他在外面发出奇怪的咳嗽声、刮擦声和嗡嗡声。我的心因恐惧和期待而颤抖。房门前面传来尖锐的脚步声,门把手被粗暴地扭动,门咔哒一声猛地弹开了!我鼓起勇气,小心翼翼地向外窥去。沙人站在我父亲的房间中央,明亮的灯光映照在他的脸上!沙人,可怕的沙人,是那个有时会和我们一起吃午饭的老律师科佩留斯!

但是正因为那恐怖至极的人物是这个科佩留斯,我心中的恐惧更深了。试想一下,一个高大、宽肩的男人,顶着一个奇形怪状的胖脑袋,土黄色的脸,浓密的灰色眉毛,眉毛下面一对绿色的猫眼闪着精光,上嘴唇上架着一只硕大而结实的鼻子。他那歪斜的嘴巴常常扭曲成恶毒的笑容,然后脸颊上出现一些暗红色斑点,咬紧的齿间也会传出奇怪的嘶嘶声。科佩留斯总是穿着一件裁剪过时的灰白色外套、同款背心和裤子,却搭配黑色长袜和带小石搭扣的鞋子。

他的小假发几乎遮不住头盖骨,卷发高高地贴在又大又红的耳朵上面,一个宽大密实的发套从后颈处露出来,能看到固定褶皱领带的银色搭扣。他的整个形象令人生厌并心生恐惧;但最让我们这些孩子厌恶的,是他那指节凸出、毛茸茸的拳头,因此只要是他用拳头碰过的东西,我们便不再喜欢。他注意到了这一点,便以这样或那样的借口去摸一下这一小块糕点,或那一个香甜的水果,并以此为乐。那本是好心的母亲悄悄放在我们的盘子里的。这样

纳坦奈尔窥见科佩留斯

但是正因为那恐怖至极的人物是这个科佩留斯,我心中的恐惧更深了。试想一下,一个高大、宽肩的男人,顶着一个奇形怪状的胖脑袋,土黄色的脸,浓密的灰色眉毛,眉毛下面一对绿色的猫眼闪着精光,上嘴唇上架着一只硕大而结实的鼻子。

一来，我们只能眼中含泪，出于恶心与厌恶而不愿再享用它们。当我们在假日从父亲那儿得到一小杯甜酒时，他也这么做。他会迅速伸出拳头，或者可能就直接将酒杯送到他青紫的唇边，当我们只能用轻声抽泣来表达愤怒时，他会发出邪恶的笑声。他总是称呼我们小畜生；如果他在场，我们一声也不能吭，只能诅咒这个充满敌意的丑陋男人，他处心积虑地要败坏我们哪怕最微小的兴致。母亲似乎和我们一样痛恨可恶的科佩留斯；因为每当他出现，欢欣愉悦的母亲就变得悲伤忧郁，原本开朗不羁的性格也变得严肃。父亲对待他，就好像他是更高贵的存在，必须容忍他的无礼，并且无论如何都要保持良好的心情。他只需稍作暗示，父亲便会让人烹制出他喜爱的菜肴，并为他奉上罕见的美酒。

当我如今看见这个科佩留斯时，我的内心意识到了这个惊悚而可怕的事实：除他以外，任何人都不可能是沙人。但是对我来说，沙人从此不再是那个怪诞故事里会把孩子们的眼珠作为食粮，在月半时分带去猫头鹰巢里的怪物。不！他是一个丑陋的、幽灵般的恶魔，只要他掺和进来，他带来的就是痛苦和绝望，就是短暂或者永恒的厄运。

我着了魔一般。我清楚地知道自己会受到严厉的惩罚，但仍冒着被发现的危险站在那儿，把头伸出窗帘偷听。我的父亲郑重其事地接待了科佩留斯。

"起来！去干活。"他声音嘶哑，咕噜咕噜地喊道，并且脱下外套。

父亲沉着脸脱下睡袍，两人都换上黑色罩衫。我没注意他们从哪里拿出的罩衫。父亲打开壁橱的对开门；但我发现，这并不是我长久以来以为的壁橱，而更像是一个黑色的空洞，里面有一个小炉子。科佩留斯走上前，一团蓝色的火焰在炉床上噼啪作响，各种奇怪的器具包围着它。哦，上帝！当我的老父亲弯下腰面对炉火时，他看起来完全变了样。他温和、正直的面容仿佛被一种痉挛般的可怕疼痛扭曲成了一个丑陋、令人作呕的魔鬼模样。这让他看起来像科佩留斯了。他挥舞着烧红的钳子，用它从浓烟中夹出亮晶晶的块状物，然后就是一顿卖力的锤打敲击。我感觉似乎到处都可以看到人脸，但是没有眼睛，取而代之的是深不见底的可怕黑洞。

"拿眼睛来，拿眼睛来！"科佩留斯用隆隆的沉闷声音喊道。我惊骇无比地尖叫出声，从藏身处跌出来，摔在地上。科佩留斯抓住了我："小畜生！小畜生！"他龇牙咧嘴地咯咯直笑！他把我揪起来，往炉子上扔，火焰开始烧焦我的头发："现在我们有眼睛了，眼睛，一对漂亮的孩童的眼睛。"科佩留斯低声说道，并用拳头从火焰中抓起炽热的颗粒，想把它们撒在我的眼睛里。

这时我的父亲举起双手恳求道:"大师!大师!放过我的纳坦奈尔的眼睛吧,放过他的眼睛!"

科佩留斯发出刺耳的笑声,大声地喊道:"那就让这个小子留着他的眼睛,为他在这个世上的工作而哭泣吧;但现在让我们好好观察一下手和脚的运动机制。"

说着他粗暴地抓住我,力大得我的关节都咔嚓作响,然后扭过我的手和脚,一会儿这样摆,一会儿那样摆。"怎么摆都不对!还是原来那样好!老汉我明白了!"科佩留斯口齿不清地发出这样的嘶嘶声;而我周遭的一切都变得黑暗阴森,一阵痉挛突如其来地掠过神经与骨骼,我什么都感觉不到了。柔和而温暖的气息拂过我的脸庞,我从死一般的睡梦中醒来,母亲已经俯身在侧。

"沙人还在吗?"我结结巴巴地问。

"不,我亲爱的孩子,他已经离开很久很久了,他不会伤害你了!"母亲如此说道,亲吻并拥抱她失而复得的宝贝。

我何必要使你厌烦呢?我亲爱的洛塔!既然还有那么多事情要讲,我又何必这样事无巨细呢?好吧!我在偷听时被发现了,还被科佩留斯虐待。恐惧与惊吓使我发起高烧,好几周都卧床不起。

"沙人还在吗?"这是我恢复神志后说的第一句话,也是我康复、获救的标志。我只能告诉你我年轻时最可怕的时刻；那么你就会相信，不是我的双眼被愚蠢蒙蔽，才让一切在我看来都黯淡无光，而是黑暗的命运真的为我的生活蒙上了一层暗淡的云纱，或许我只有拼死才能撕裂它。

科佩留斯没有再出现，据说他已经离开了这座城市。

差不多过去了一年，我们依然按照老规矩，晚上坐在圆桌旁。父亲兴致勃勃地讲了许多他年轻时的旅行趣事。这时，九点的钟声敲响了，我们突然听到前门的铰链发出嘎吱声，缓慢而沉重的脚步声穿过走廊，上了楼梯。

"那是科佩留斯。"我母亲说，面色变得苍白。

"是的！是科佩留斯。"父亲用微弱的声音结结巴巴地重复道。泪水从母亲的眼眶中滑落。

"但是孩他爸，孩他爸！"她喊道，"一定要这样吗？"

"这是最后一次！"他回答说，"这是他最后一次来找我，我向你保证。走吧，和孩子们一起走吧！去吧，睡觉去吧！晚安！"

我感觉自己好像被压在沉重冰冷的石头中，我屏住了呼吸！我一动不动地站着时，母亲抓住了我的手臂。"来吧，纳坦奈尔，来吧！"我任由自己被母亲带走，走进我的小房间。"放心吧，放心吧，躺上床去！睡觉，睡觉。"母亲离开时说。但被内心不可名状的焦虑和不安所折磨，我根本无法合眼。

可恨可恶的科佩留斯站在我面前，双目闪着精光，阴险恶毒地嘲笑我，我想摆脱他的影像，却徒劳无功。大概已是午夜时分，突然传来可怕的响声，就像炮弹发射一样。整个房子都轰隆作响，我的门发出嘎嘎声和沙沙声，大门砰的一声关上了。

"那是科佩留斯！"我惊恐地叫道，从床上一跃而起。

这时传来凄厉绝望的尖叫声，我冲向父亲的房间，门是开着的，一股令人窒息的烟雾向我扑面而来，女仆叫着："啊，先生！先生！"我父亲倒在浓烟滚滚的壁炉前的地上，已经死了，他的脸被烧黑了，扭曲得可怕，姐妹们在他周围哀号痛哭，母亲晕倒在一旁！

"科佩留斯，邪恶的撒旦，是你杀了父亲！"我大叫着，失去了意识。

两天后，当人们把我父亲放进棺材里时，他的面容又变得温柔宽厚，一如生前。我的内心深处感到欣慰的是，他与科佩留斯那个魔鬼的盟约，没有让他堕入无尽的深渊。

爆炸惊醒了邻居，这件事引得谣言四起，并传到了当局的耳朵里，当局想追究科佩留斯的责任，而他却原地蒸发，消失得无影无踪。

如果我现在告诉你，我亲爱的朋友！那个卖天气瓶的商贩正是邪恶的科佩留斯，那么你便不会怪我，怎么会认为敌人的出现会带来严重的灾祸。他虽然穿着不同，但科佩留斯的身材和面容深深印在我的脑海中,我绝不可能认错。此外,科佩留斯甚至没有更改过他的名字。我听说他假装是皮埃蒙特①的一名机械师,并自称朱塞佩·科波拉②。

我决心与他较量,无论发生什么,我都要为我父亲的死报仇。

不要告诉母亲任何关于那个可怕的恶魔出现的事情,向我亲爱的、可爱的克拉拉问好,我心情平复以后会给她写信。保重……

---

① 皮埃蒙特(Piemonte)是意大利西北的一个大区,首府是都灵。
② 科波拉是与科佩留斯相近的意大利名字。

克拉拉致纳坦奈尔

的确,你已经很久没有给我写信了,但我仍然相信你是想着我念着我的。因为你的上一封信明明是想寄给你兄弟洛塔的,却把地址写成了我的而不是他的,那你当时一定热切地想着我。我愉快地打开了这封信,直到念到"啊,我心爱的洛塔!"时才意识到这个错误。

现在我本不该再读下去,而是应该把信交给我的弟兄。但是,你有时也会孩子气地用戏谑的口吻指责我,说我具备女性特有的沉静心性,即使房子有坍塌的危险,我也会像那种女人一样,在急匆匆逃离前,迅速抹平窗帘上不该出现的褶皱。我不得不承认,你信的开头深深地震撼了我,我几乎无法呼吸,眼前直冒金星。

哎呀,我心爱的纳坦奈尔!你的生活中怎么会发生如此可怕的事情!与你分离,再也见不到你,这个念头像一把炽热的匕首刺穿我的胸膛。我读了又读!那个可恶的科佩留斯,你对他的描述真是令人毛骨悚然。直到现在,我才得知你那善良的老父亲是以如此可怕残暴的方式离世的。洛塔兄弟,我把本属于他的信件交给了他,他竭力抚平我的情绪，然而收效甚微。致命的天气瓶贩子朱塞佩·科波拉阴魂不散地对我如影随形，我几乎羞于承认，他甚至会以各种稀奇古怪的模样出现在我的梦中，破坏我原本安静健康的睡眠。但很快，就在第二天，我内心的一切想法就都变了。我亲爱的，别生我的气，如果洛塔告诉你，尽管你有着莫名的预感，那个科佩留斯会对你图谋不轨，我却还是一如既往地轻松愉快、无忧无虑。

我只想直截了当地向你坦白，在我看来，你说的所有可怕骇人的事情，都只发生在你的想象中，而真正的、现实的外部世界可能与它几无瓜葛。老科佩留斯可能确实够讨厌的，但只是因为他厌恶孩子，才会让你们这些孩子那么畏惧他。

在你稚气的脑海中，当然会把这种怪诞故事中可怕的沙人与老科佩留斯联系在一起，因为即使你不相信沙人，对你来说他也是一个幽灵般的恶魔，对孩子们尤其危险。晚上你父亲那些可疑的行径，估计无非就是两个人在偷偷做炼金术实验，这让你母亲很不满意，因为肯定为此白白浪费了很多钱，更何况，就像那些药剂师助理一样，你父亲的心智完全被那骗人的欲望蒙蔽了，一心以为自己能得到更高的智慧，却因此疏远了家人。你父亲的死亡肯定是自己的不小心导致的，这不能怪科佩留斯：你相信吗？我昨天问过颇有经验的药剂师邻居，在化学实验中是否可能发生这种瞬间致命的爆炸？

他说："呦，当然了。"他以自己专业的方式向我详尽而烦琐地描述这会如何发生，其间还提到很多听起来很生僻的名称，我完全没有记住它们。现在你可能会对你的克拉拉心怀不满，你会说："没有任何神秘的光芒能穿透这个冰冷的心灵，而神秘的事物常常用无形的手臂包围着人们；她只看到这个世界光鲜亮丽的表面，就像稚嫩的孩童看到金光闪闪的果实而感到欣喜，却不知里面藏着致命的毒药。"

哎呀，我心爱的纳坦奈尔！难道你不认为，即使是开朗不羁、无忧无虑的心灵，也可能会对这种试图摧毁我们自己的黑暗力量有一种直觉？但请原谅我，一个头脑简单的女孩，斗胆向你表明我对这场内心斗争的看法。也许直到最后我还是词不达意，而你取笑我，也不是因为我的想法愚蠢，而是因为我的表达如此笨拙。

如果存在某种黑暗的力量，它就像我们的敌人，阴险奸诈地在我们的内心深处埋下一根线，紧紧束缚我们，操纵我们走上一条危险的、毁灭性的道路，而这条路是我们原本绝不会踏上的。如果真有这样的力量存在，那么它必然会在我们心中把自己塑造成和我们一样的模样。是的，就是成为我们自己；因为唯有如此，我们才会相信它，容许它去做那些隐秘的勾当。如果我们通过更加乐观地生活，拥有足够坚定的意志，始终能认清他人敌意的影响，并以冷静的步伐走上那条遵循我们的喜好和职业的道路，那么这种可怕的力量肯定只能徒劳地追逐我们的虚假镜像，直至消亡。洛塔补充说，同样可以肯定的是，这种黑暗的精神力量，当我们内心信服它时，它就时常幻化为我们在外部世界里遇到的陌生形象，侵入我们的内心。这样一来，我们就会精神错乱，产生稀奇古怪的错觉，误以为这就是我们自己的所说所想。这是我们自身的幻象，它与我们的亲密关系以及对我们思想的深刻影响，使我们或坠地狱，或上天堂。

想必你注意到了，我心爱的纳坦奈尔！我们，我与我的兄弟洛塔已经认真地谈论过了关于黑暗力量和势力的问题，现在，在我费尽心思地写下这些最为重要的内容之后，这些对我而言变得更加清晰而深刻了。尽管我不太明白洛塔最后的话，只能去猜测他的意思，但我仍认为这些看法十分正确。我请求你，把那个丑陋的律师科佩留斯，以及那个天气瓶商人朱塞佩·科波拉完全从你的意识中剔除。要相信这些奇怪的人物不会对你产生影响；只有相信他们那充满敌意的力量，才会使他们真正和你敌对。如果不是你信中的每一行都表达出你内心最深处的焦虑，如果不是你的状况让我心灵深处为之痛苦，真的，我完全可以调侃一下那个沙人律师和天气瓶商人科波拉。你要开朗些，开朗些！我已经下定决心去你身边，好像你的守护神一样，如果丑陋的科波拉到你的梦里骚扰你，我就用大笑赶走他。我毫不畏惧他和他那粗鄙的拳头，无论他是律师还是沙人，他都糟蹋不了我的甜食，也伤害不了我的眼睛。

纳坦奈尔致洛塔

克拉拉前阵子收到了本来应该给你的信，并且还拆开读了，这让我很不高兴，当然这是我心不在焉造成的。她给我写了一封非常深刻且富有哲理的信，在信中她翔实地论证了科佩留斯和科波拉只存在于我的内心，是我自身的幻象，只要我认清这点，它们就会瞬间消散。事实上，人们根本不会相信，这个灵魂拥有如孩童般明亮、甜美微笑的眼睛，常常不真实得像一个可爱、甜蜜的梦，却能够如此理智、如此缜密地详情度理。你们谈到了我，她还引用了你的话，或许你给她上了些逻辑学的课，好让她可以明辨是非。算了！顺便说一句，或许可以确定的是，那天气瓶商人朱塞佩·科波拉绝对不是老律师科佩留斯。我在上一位新来的物理学教授的研讨课，他的名字和那位著名的自然科学家一样，叫斯帕兰扎尼，有意大利血统。他认识科波拉很多年了，而且听科波拉的口音就知道他确实是皮埃蒙特人。而科佩留斯是德国人，不过我认为他并不是一个诚实的人。我并不能完全安心。你们，你和克拉拉，总认为我是一个忧郁的幻想家，可是科佩留斯那张该死的脸给我留下了深刻的印象，我无法摆脱它。斯帕兰扎尼说科波拉已经离开了这座城市，这让我很高兴。

这位教授也是个怪人。一个矮小、圆滚滚的男人，颧骨突出的脸庞，精致的鼻子，噘起的嘴唇，一双目光尖锐的小眼睛。或许这么说比任何描述更清楚：当你在任何一个柏林袖珍日历上见到霍多维茨基①画的卡廖斯特罗②，你就见到了斯帕兰扎尼，那就是他的样子。前几天我爬楼梯，注意到平时用窗帘挡得严严实实的玻璃门边露出了一条缝。我自己也不知道受了什么驱使，好奇地透过缝隙向里张望。房间里，一个高挑纤瘦、衣着华丽的女人坐在一张小桌子前，她的手臂搭在桌上，双手交叠。她面对着门坐着，因此她天使般的美丽脸庞我尽收眼底。她似乎并没有注意到我，而且目光呆滞，我几乎想说：她好像根本没有视力。在我看来，她仿佛在睁着眼睛睡觉。我感到毛骨悚然，所以悄悄溜进了隔壁的大礼堂。

后来我才知道，我看到的那个人是斯帕兰扎尼的女儿奥林匹娅，被他以诡异而狠毒的方式禁锢了起来，不允许任何人靠近她。也许正因如此，她最终变得痴呆，或者有了其他毛病。但是我为什么要告诉你这些呢？我本来可以

---

① 丹尼尔·霍多维茨基（1726—1801），出生于波兰但泽，18世纪德国著名画家、雕刻师。

② 阿历桑德罗·卡廖斯特罗（1743—1795），意大利的神秘学家、炼金术士和冒险家。

更好、更详细地当面讲给你听。因为你知道的,再有14天我就回到你们身边了。我必须再次看到我亲爱的、可爱的天使,我的克拉拉,然后我心里的不痛快就会烟消云散,在读过那封恼人的、理智的信后,我险些因为这种情绪而失控(我必须承认)。因此我今天也就不给她写信了。千万次的问候……

好心的读者,没有什么比我可怜的朋友,年轻的大学生纳坦奈尔的遭遇更离奇和玄妙的了,而这一切,好心的读者,正是我打算讲给你听的!有兴致倾听的人啊,你可曾经历过这样的情况,一件事情完全占据了你的胸膛、感官和思想,将其它的一切思绪都排挤了出去?它在你体内发酵烹煮,直到这份被点燃的灼热沸腾起来,你的体内热血奔涌,双颊变得绯红。你的目光是那样地怪异,仿佛要在空无一人的房间中捕捉到其他人都无法看见的人影,而想说的话最终化作了晦暗不明的叹息。这时候你的朋友们问你:"您怎么了,尊敬的先生?发生了什么事,亲爱的?"你想用所有炽烈的色彩与光影描绘出脑海中的画面,费尽心思却找不到合适的词句开口。但是你觉得好像第一个词就必须精准涵盖所发生的一切事情:奇妙的、美好的、可怕的、有趣的、惊悚的,这样的话,它就能像闪电一样击中所有人。但是用于启口的任何一个词,对你来说都显得黯然失色、冷若冰霜、死气沉沉。你搜肠刮肚,说得吞吞吐吐、结结巴巴，你的朋友们又清醒地提出一些问题，好像凛冽的寒风一样吹拂你内心的炽热，直到它渐渐熄灭。或者，你像个不拘一格的画家，先用寥寥数笔大胆地勾勒出自己内心画面的轮廓，再轻而易举地给它涂上越来越艳丽的色彩，你的朋友们被栩栩如生的各式人物形象所吸引，他们和你一样，都在脑海中浮现的画面中看到自己！我必须向你承认，好心的读者！实际上没有人问起过年轻的纳坦奈尔的故事；但是你或许知道，我也属于那种古怪的作家之流，正如我之前所描述的，这些人心里装了点故事，就觉得每个靠近他们的人，甚至全世界似乎都在问："这到底是怎么回事？您给讲讲吧，亲爱的？"

所以我真的很想和你谈谈纳坦奈尔命运多舛的一生。在他身上发生的奇妙、古怪的事情，占据了我的整个心灵。但正是因为如此，因为我必须让你，哦，我的读者！乐意接受这并非微不足道的奇幻事情，我才绞尽脑汁，要给纳坦奈尔的故事一个意味深长、与众不同、动人心扉的开头："从前"——这是每个故事最漂亮的开头，但是太一板一眼了！"在小小的省城S.住过"——好一些，至少在向着高潮推进。或者直接切入正题："'让他见鬼去吧'，大学生纳坦奈尔大喊，疯狂的眼神中透着愤怒和惊恐，当那个天气瓶商人朱塞佩·科波拉……"实际上我已经这么写下来了，却又在"大学生纳坦奈尔疯狂的眼神"这样的字里行间感受到些许滑稽；而这绝不是一个滑稽可笑的故事。我想不出有什么词句能反映出，哪怕是一丝一毫，我心中这个画面的色泽，我决定索性不开这个头了。

拿去吧，好心的读者！这三封信，已经勾勒出了画面的轮廓，朋友洛塔好心地和我分享了它们，现在我将在讲述时竭力给它填上越来越多的色彩。也许我能像一个优秀的肖像画家，成功地展现一些人物形象，让你在并不认识原型的情况下，觉得似曾相识，并且觉得你好像确实亲眼见过这个人。哦，我的读者！也许你会相信没有什么比现实生活更奇妙和疯狂的了，而诗人所展现的，只能是打磨得不光滑的镜子投射的模糊阴影。

为更加清楚明白，除了这些信件外，需要在一开始补充交代一些前情：在纳坦奈尔的父亲去世后不久，一个远房亲戚也去世了，他的孩子——克拉拉和洛塔，他们成了孤儿，被纳坦奈尔的母亲收留在了家里。克拉拉和纳坦奈尔对彼此产生了强烈的好感，世上没有人会反对这份感情。因此，当纳坦奈尔离开家乡前往G.继续他的学业时，他们就订婚了。现在就接上了他最后那封信，以及他在著名的物理学教授斯帕兰扎尼那里听课的内容。

如今我可以放心地继续讲述这个故事了；但就在这一刻，克拉拉的形象鲜活地出现在我眼前，让我无法移开视线，当她带着甜美的微笑看着我时，我总是会这样。以主流审美的眼光来看,克拉拉绝对算不上漂亮。然而建筑师们会称赞她比例完美的身材,画家们虽然认为她的颈部、肩膀和胸部的线条不够突出,但都会爱上她如抹大拉①般的秀发,再高谈阔论一番巴托尼②风格的着色。他们中的一位,一个真正的幻想家,最是别出心裁,他将克拉拉的眼睛与鲁伊斯代尔③画作中的湖面做比,里面映照出澄澈湛蓝、万里无云的天空,森林与鲜花盛放的原野,丰富多彩的自然风光里那绚丽多姿的勃勃生机。诗人和大师们则更进一步感叹道:"这是怎样的一汪湖水,这是怎样的一面明镜!我们只要将目光投向这个女孩,美妙的天籁就会从她的眼睛里发散出来,穿透我们的内心,一切都苏醒并活跃起来。我们不顾一切地在她面前像鸟儿一样啁啾鸣啭,却不过是由单独的音节杂乱拼凑的产物。然而就算我们无法唱出美妙的歌声,也根本不是我们的问题,这一点从克拉拉唇边浮现的美好微笑中能清楚地读出来。"

就是如此。克拉拉有着稚气孩童般开朗不羁、活力四射的想象力,也具有女性沉稳温柔的心性,以及非常清晰、敏锐的智慧。任何荒谬的把戏都无法糊弄她;她天性

---

① 抹大拉的玛利亚:在《圣经·新约》中,被描写为耶稣的女追随者。一袭卷曲及腰的金色长发是大部分艺术作品中她形象上的鲜明特点。

② 蓬佩奥·巴托尼(1708—1787),意大利著名画家。曾绘有《忏悔的抹大拉的玛利亚》,画中的女性有着一头美丽的金色长发。

③ 雅各布·范·鲁伊斯代尔(1628—1682),是17世纪荷兰最杰出的风景画家之一。

沉默,并不健谈,但并不需要太多言语,她明亮的目光,和那略带嘲讽的柔和微笑,都在诉说:亲爱的朋友们!你们怎么能指望我会相信你们口中那稍纵即逝的幻影都是有血有肉的真人呢?许多人因此斥责克拉拉冷酷无情、平淡乏味;但是也有其他一些对生活有深刻理解的人,就非常喜欢这个热情、聪颖、天真烂漫的女孩,没有人对她的爱胜过纳坦奈尔,他正积极而愉快地在科学与艺术的领域探索。克拉拉全身心地依赖着她的爱人,与他的分别是她人生中出现的第一道阴霾。正如他在给洛塔的最后一封信中所许诺的那样,他真的回到了家乡,当他踏入他母亲的房间时,她是多么高兴地飞奔着投入了他的怀抱。正如纳坦奈尔所相信的,在他再次见到克拉拉的那一刻,无论是律师科佩留斯,抑或是克拉拉那封过于理性的信件给他带来的不快,都统统烟消云散了。

然而,纳坦奈尔说得没错,他在给他朋友洛塔的信中写道:科波拉这个令人作呕的天气玻璃瓶商人对他的生活产生了非常不利的影响。每个人都察觉到了这一点,因为在最初的几天里,纳坦奈尔就已经表现出性格大变的样子。他沉浸在阴郁的幻想中,并且很快就行为古怪得令人无法适应。他总是说,所有的一切,他的一生,于他都只是南柯一梦;就像每个人都相信自己是自由的,实际上却只是仆从于残酷游戏中的黑暗势力,反抗是徒劳的,终究只能卑微地服从命运的安排。他竟然声称，相信艺术和科学创造可以随心所欲是愚蠢的；因为一个人的创作灵感不是源于自己的内心，而是受到我们身外某种更高原则的影响。

理性的克拉拉极其反感这种神神秘秘的幻想，但似乎反驳它也是徒劳。只有在纳坦奈尔试图证明科佩留斯就是那邪恶的势力，早在他躲在窗帘后偷听的那一刻就攫住了他，并且这个令人作呕的恶魔还会用可怕的手段摧毁他们幸福的爱情时，克拉拉才会非常严肃地说："是的，纳坦奈尔！你是对的，科佩留斯是一个邪恶的、充满敌意的势力，就像一股恶魔般的力量，显而易见地侵入你的生活，带来可怕的影响，但那是因为你没有把他从你的心灵和思想中驱逐出去。只要你相信他，他就会影响你，你的这份相信才是他的力量所在。"

纳坦奈尔对克拉拉认为恶魔的存在只是他自己的心魔感到非常愤慨，他想搬出一整个关于魔鬼和阴暗力量的神秘学教义，但克拉拉不耐烦地打断了，插嘴说了一些无关紧要的话，这让纳坦奈尔更为恼火。他明白冷漠保守的人无法领会如此艰深的奥秘，却没清楚地意识到自己其实把克拉拉也归为了这一类人，于是仍然锲而不舍地试图向她透露这些奥秘。清晨，当克拉拉帮忙准备早餐时，他会站在她身边，为她朗读各种神秘主义的书籍，以至于克拉拉恳求道："但是亲爱的纳坦奈尔，如果我现在想斥责你是那个糟蹋我咖啡的邪恶势力呢？要是我如你所愿，在你阅读时放下手头所有的事情，注视着你的眼睛，那我的咖啡会烧糊，你就吃不到早餐了！"

纳坦奈尔用力把书合上，闷闷不乐地跑回他的房间。以前，他很擅长撰写精彩、生动的故事，克拉拉也乐于倾听。现在，他的文章是阴郁、晦涩、空洞的，因此即使克拉拉体贴地缄口不言，他还是能察觉到，她很难对这些作品做出积极的评价。对于克拉拉而言，没有什么比沉闷无聊更致命了；她的眼神和言语无不透露出她精神上抵抗不住的困倦——纳坦奈尔的文章确实乏善可陈。他对克拉拉冷漠平淡的性情越发不满，而对纳坦奈尔那阴暗、沉闷、乏味的神秘主义学说，克拉拉也无法克服对它的厌烦。久而久之，尽管他们自己浑然未觉，但两颗心已然渐行渐远。

丑陋的科佩留斯的形象，纳坦奈尔也不得不承认，在他的想象中日渐苍白，他想让科佩留斯这可怕的怪物在自己的作品中登场，常常要煞费苦心才能将其渲染得栩栩如生。最终他想到把科佩留斯会毁掉他幸福爱情这份忧郁的预感写成一首诗。诗中他与克拉拉因真爱而结合，但时不时地，好像有一只黑色的拳头捣进他们的生活，摧毁了他们心中的快乐。最后，当他们终于站上婚礼的圣坛时，可怕的科佩留斯出现了，挖出了克拉拉可爱的眼睛；它们跳入纳坦奈尔的胸膛，像血淋淋的火花一样灼热燃烧。科佩留斯抓住他，把他扔进一个熊熊燃烧的火轮中，火轮以风暴般的速度飞速旋转，翻滚呼啸着吞噬了他，发出怒吼，仿佛飓风猛烈地拍打着翻腾的海浪，海浪翻涌，好似白首黑身的巨人在激烈地搏斗。但在这狂怒的嘶吼声中，他听到了克拉拉的声音："你就不能看看我吗？科佩留斯欺骗了你，在你胸膛燃烧的并不是我的眼睛，而是你自己心头的几滴热血，我的眼睛还在，你倒是看看我啊！"纳坦奈尔想：这是克拉拉的声音，我永远属于她。这一想法强劲地穿透了他置身的火轮，漆黑深渊中的喧嚣变得沉闷，终于渐渐消失。纳坦奈尔看向克拉拉的眼睛；然而此时用克拉拉的双眼友好地瞧着他的，却是死神。

纳坦奈尔在创作这首诗时，十分平静而谨慎，对每一行都精益求精，并严格遵从格律的规范，直到所有诗行都纯净动听、合乎韵律，他才罢休。然而，当他终于完成并大声朗读这首诗时，他却突然感受到强烈的恐怖与惊惧而大喊起来："这是谁的声音，这么阴森恐怖？"然而很快，整首诗在他眼中又成了佳作，在他看来，克拉拉的冰冷脾气似乎会因此而被激怒，虽然他并不清楚克拉拉为什么会被激怒，也不清楚用这些阴森可怖的画面，预示可怕的、摧毁他们爱情的厄运，去吓唬克拉拉，将会导致什么。

他俩，纳坦奈尔和克拉拉，坐在母亲的小花园里。克拉拉非常开心，因为纳坦奈尔在写那首诗的三天里，没有用他的幻梦和不祥预感来折磨她。纳坦奈尔也像往常一样兴致勃勃地讲着趣事，于是克拉拉说："现在我熟悉的那个你总算完完全全地回来了，你现在知道我们是如何把那个丑陋的科佩留斯赶走了吧。"

这时纳坦奈尔才想起来，他口袋里揣着的那首他原本想读的诗，于是他立刻抽出那些纸页，并读了起来。克拉拉估计它会一如既往地无聊，就由他去读，自己则开始安静地做起针线活儿。但随着阴霾越来越黑，她放下编织的长袜，定定地看进纳坦奈尔的眼睛里。他还在继续朗读他的诗作，内心炽热的情感染红了他的脸颊，眼泪从他的眼眶中滚落。终于他读完了，发出筋疲力尽的呻吟，他握住克拉拉的手叹息着，仿佛要被绝望的痛苦淹没："哦！克拉拉，克拉拉！"克拉拉温柔地将他拥入怀中，轻声却非常缓慢又严肃地说道："纳坦奈尔，我最亲爱的纳坦奈尔！把这个愚蠢的、荒谬的、疯狂的无稽之谈扔进火里吧。"听到这话，纳坦奈尔愤怒地跳了起来，一把推开克拉拉，喊道："你这个了无生趣的，该死的机器人！"他跑开了，深受伤害的克拉拉痛苦地潸然泪下。"啊，他从来没有爱过我，因为他不理解我。"她大声地抽泣起来。

这时洛塔步入凉亭；克拉拉不得不告诉他发生了什么

事；他全心全意地爱着他的妹妹，她控诉的每一个字都像火星一般落入他的心中；他早就对终日胡思乱想的纳坦奈尔心怀不满，这份不满被那火星点燃成了狂怒。他冲到纳坦奈尔那里，严辞指责他竟如此荒唐地对待自己心爱的妹妹。纳坦奈尔也勃然大怒，以同样激烈的言辞回击。一个耽于幻想精神错乱的傻瓜，对上一个痛苦而平凡的普通人，两人的决斗在所难免。他们决定按照当地惯例，在第二天早上用开锋的花剑在花园后面进行决斗。他们脸色阴沉地、悄无声息地走来走去。克拉拉听说了这场激烈的争论，也在黎明时分看到击剑师傅拿来了佩剑，便立刻猜到了将会发生什么。决斗场上，洛塔与纳坦奈尔正面色阴沉地默默脱去外套，眼中燃烧着嗜血的杀意，都想把对方击倒在地。这时克拉拉穿过花园大门冲了过来，她抽泣着喊道："你们这些野蛮、可怕的人！在你们互相攻击之前先把我击倒吧；因为如果我的爱人谋杀了我的兄弟，或者我的兄弟谋杀了我的爱人，我怎么还能在这个世上继续活下去呢！"

洛塔放下武器，默不作声地低头看着地面，而在纳坦奈尔的心中，所有的爱意都在令人心碎的伤感中再次复苏，如同他在青葱岁月最美好的日子里对美丽的克拉拉的感觉。杀人的武器从他手中跌落，他扑倒在克拉拉的脚边。"你能原谅我吗，我唯一的，我心爱的克拉拉！你能原谅我吗，我亲爱的洛塔兄弟！"洛塔被这个朋友深深的痛苦触动；三人重归于好，潸然泪下，拥抱彼此，发誓永远忠诚相爱，不离不弃。

纳坦奈尔感觉快要压垮他的重担仿佛已经从他身上卸去，是的，就好像他通过抵抗禁锢自己的黑暗力量，也彻底拯救了濒临毁灭的自己。他又在爱人身边度过了幸福的三天，然后他回到了G.，他将在那里再待一年，之后就打算永远回到他的家乡。

一切与科佩留斯有关的事情都瞒着他的母亲，大家都知道，她一想到他就害怕，因为她和纳坦奈尔一样，把丈夫的死归咎于他。

纳坦奈尔返回自己的住所，却惊讶地看到整个房子都被烧毁了，只有光秃秃的隔火墙从瓦砾堆中露出来。火灾是住在楼下的药剂师实验室引起的，因此房子从下面烧起来，并迅速往楼上蔓延。尽管火势凶猛，纳坦奈尔的那些勇敢、强壮的朋友还是设法及时进入楼上他的房间，抢救了书籍、手稿、仪器。他们将所有东西毫发无伤地搬到另一所房子里，在那里另租了一个房间，纳坦奈尔立即搬了过去。他并没有太在意自己住在斯帕兰扎尼教授的对面；当他发现从自己房间的窗户恰好能看进奥林匹娅所在的房间时，也没有特别在意。奥林匹娅经常独自坐在那儿，尽管脸上的五官模糊不清，她的身影还是清晰可辨的。久而久之,他发现,奥林匹娅就像上次他透过玻璃门发现的那样,经常保持同一种姿势,坐在一张小桌子旁几个小时,什么也不做,而且她显然在目不转睛地凝视着他;他不得不承认自己从未见过有谁出落得如此美丽。而此时,他心心念念的是克拉拉,对生硬呆板的奥林匹娅没什么兴趣;他只是偶尔会透过窗帘漫不经心地瞥一眼那美丽的雕塑,仅此而已。

他正给克拉拉写信,这时有人轻轻敲门;他应了一声,门应声而开,门后科波拉那张令人生厌的脸正朝里张望。纳坦奈尔感到他的内心深处在颤抖;但他又想起斯帕兰扎尼曾告诉他自己和科波拉是同乡的话,以及他曾向他的爱人郑重表示过不再相信沙人科佩留斯的承诺,他为自己依然孩子气地害怕鬼怪感到羞愧,因此使出浑身解数,尽可能轻柔而平静地说:"我不买天气瓶,亲爱的朋友!您走吧!"

这时,科波拉已经完全走进了房间,他的大嘴咧出一个丑陋的笑容,一双小眼睛在长长的灰色睫毛下闪烁不定,用沙哑的声音说道:"哦,不要天气瓶,不要天气瓶!那我还有好看的眼镜,好看的眼镜!"纳坦奈尔惊恐地叫起来:"你这个疯子,你怎么还卖眼睛?……眼睛……眼睛?"但就在这时,科波拉把他的天气瓶放到一边,把手伸进大衣的宽大口袋里,拿出长柄眼镜和普通眼镜,放在

沙 人 035

桌上。"喏，喏……眼镜，架在鼻子上的眼镜，这就是我说的眼镜，好看的眼镜！"接着他掏出来越来越多的眼镜，放满了整张桌子。眼镜在桌上闪着奇异的光芒，仿佛千百只眼睛直勾勾地向上盯着纳坦奈尔。他却无法把目光从桌子上移开。桌上的眼镜被科波拉越堆越多，而愈加狂野的炽热目光互相交织，血红的光芒穿透纳坦奈尔的胸膛。他惊恐万状，大声喊道："停下！停下，可怕的家伙！"他一把抓住科波拉的胳膊，科波拉正把手伸进口袋，想要拿出更多的眼镜，尽管整张桌子都已经被眼镜铺满了。

科波拉面目可憎地轻笑起来，沙哑着说道："哎呀！没有什么适合您的话，我还有好看的望远镜。"他把所有的眼镜都收起来，放进口袋里，然后从外套的侧兜里掏出一大堆大大小小的望远镜。眼镜一被收走，纳坦奈尔就完全平静了下来。他想到了克拉拉，意识到可怕的鬼魅只是他的心魔，这个科波拉可能就是一个非常诚实的机械师和配镜师，绝对不会是那个可恶的科佩留斯和鬼魂。此外，科波拉放在桌子上的望远镜也毫无特别之处，至少不是像眼镜那样令人毛骨悚然的东西。为了弥补这一切，纳坦奈尔真的决定从科波拉那里买点东西。他拿起一个做工非常齐整的袖珍望远镜，并试着用它望向窗外，以测试它的好坏。他这一生中还从未见过一块玻璃镜片，能将物体如此干净纯粹、清晰明了地呈现在眼前。不经意间，他望进了斯帕兰扎尼的房间。奥林匹娅像往常一样坐在小桌子前，双臂搁在上面，双手交叠。

直到现在，纳坦奈尔才第一次看清奥林匹娅绝美的脸庞，只是她的眼睛呆滞而死气沉沉，让他觉得极其古怪。但是当他透过望远镜看得越来越清晰时，奥林匹娅的眼里仿佛升起了湿润的月光。就好像视觉的能力如今才被点燃；明亮的眼睛逐渐焕发出生机。纳坦奈尔完全着了迷，他倚靠在窗前，一直端详着天仙般的奥林匹娅。一阵清嗓子和窸窣声把他从沉醉的梦中惊醒。科波拉站在他身后："三个泽基尼……三个杜卡特[①]。"纳坦奈尔已经完全忘记了配镜师的存在，他很快付了钱。"没错吧，是漂亮的镜片，漂亮的镜片吧！"科波拉用他那讨厌而沙哑的声音问道，露出一脸阴险的笑容。

"是，是，是！"纳坦奈尔不耐烦地回答。

"再见，亲爱的朋友！"科波拉说完，颇为古怪地斜睨了纳坦奈尔几眼，这才离开房间。纳坦奈尔听到他在楼梯上放声大笑。"好吧，"纳坦奈尔说，"他嘲笑我，肯定是因为我为这副小小的望远镜花了太多冤枉钱，太多冤枉钱！"当他轻声说出这些话时，仿佛一声濒死的深沉叹息在房间里可怕地回荡，纳坦奈尔的呼吸因内心的恐惧而几

[①] 杜卡特，也称泽基尼，是一种直至20世纪初，在整个欧洲包括地中海沿岸国家流通的金币。

乎停滞。然而,他发觉,这叹息是他自己发出的。

"克拉拉,"他自言自语道,"认为我是一个无聊的通灵者,她也许是对的;但这太滑稽可笑了,也许还不止是滑稽可笑,我为望远镜付给了科波拉太多的钱,这个愚蠢的想法到现在还让我如此惧怕;而我却根本不知道为何会这样。"

现在他坐下来,准备把给克拉拉的信写完。然而投向窗外的一瞥,让他确信奥林匹娅还在那里;立刻,仿佛被不可抗拒的力量驱使,他跳了起来,抓起科波拉的望远镜望向奥林匹娅。他无法从她那诱人的容颜上移开视线,直到他的朋友兼兄弟西格蒙德叫他去参加斯帕兰扎尼教授的讨论课。接下来的两天里,这间有着致命诱惑的房间窗帘紧闭,尽管他几乎从未离开过窗边,并一直不停地透过科波拉的望远镜观望,却几乎没怎么见到奥林匹娅出现在她的房间。第三天,连窗户都被遮上了。他绝望至极,在内心渴望与炽热欲望的驱使下,冲出了门。奥林匹娅的身影挥之不去,一会儿飘浮在他面前的空中,一会儿从灌木丛中走出来,或在清澈的溪流边用闪亮的大眼睛看着他。克拉拉的模样已经完全从他心里被抹去了,满脑子想的都是奥林匹娅,他哭泣着大声抱怨:"啊,我高贵、美妙的爱人,既然你已出现在我面前,为何又转瞬即逝,把我留在黑暗、绝望的夜晚?"

当他正要返回他的公寓时,斯帕兰扎尼家里的嘈杂声吸引了他的注意。门敞开着,各式各样的器具被搬进屋里,二楼的窗户被卸了下来,忙碌的女佣举着大毛掸子来回清扫,木匠和裱糊匠们在敲敲打打。纳坦奈尔惊讶地伫立在街上。这时西格蒙德笑着走到他面前说:"那么,你对我们的老斯帕兰扎尼怎么看?"纳坦奈尔言之凿凿地表示他没什么可说的,因为他对这位教授一无所知,只是非常惊奇地发现,这个寂静阴暗的房子竟然开始热闹喧嚣起来;然后他从西格蒙德那里得知斯帕兰扎尼明天要举办一个盛大的派对,有音乐会和舞会,大学一半的人都受到了邀请。人们都在传,斯帕兰扎尼那终日不见世人的女儿奥林匹娅,也会首次亮相。

宴会当晚教授宅邸门前车水马龙,精心布置过的大厅灯火通明。纳坦奈尔弄到一封邀请函,心潮澎湃地准时出席了宴会。受邀出席的人数众多,个个都打扮得光鲜亮丽。奥林匹娅也隆重出场,她衣着华丽且有品位,人人都惊叹于她美丽的容颜和身形。但她的背脊弯曲得有些不同寻常,身形纤瘦得如黄蜂一般,似乎是过度束腰的结果。她的步伐和姿势有些拘谨和僵硬,这让一些人感觉不太舒服,但大家只把这归咎于在人前抛头露面的压力所致。

音乐会开始了。奥林匹娅以高超的技巧弹起三角钢琴,并通过一段精彩的咏叹调展示了自己的歌喉。她的嗓音清亮，几乎如敲击玻璃钟罩一般尖锐。纳坦奈尔听得如痴如醉；他站在后排，在晃眼的烛光下看不清奥林匹娅的容貌。因此，他悄无声息地拿出科波拉的望远镜，看向美丽的奥林匹娅。啊！这下他发现，她正充满渴望地看着他，在爱的目光中，每一个音调都明显地愈加高亢，直击他的灵魂深处，让他激动不已。对纳坦奈尔来说，那人为的花腔一如沐浴在爱河中的灵魂来自天堂的欢呼；终于，长长的颤音在旋律之后，尖锐地穿透并震颤了整个大厅，他就像被一双火热的手臂紧紧抓住了，既痛苦又畅快，不能自已地放声大喊："奥林匹娅！"所有人都环顾左右地看向了他，其中一些人笑了笑。然而，大教堂管风琴师的脸色却比之前更阴沉了，他只是说："好吧，好吧！"

音乐会结束，舞会随之开始。"和她跳舞！和她跳舞！"这是纳坦奈尔所有的愿望与孜孜以求的目标；但究竟如何才能鼓起勇气，去邀请这场盛宴的女王？然而！他自己也不知道是怎么回事，当舞曲开始时，他站在尚未被邀请的奥林匹娅身边，几乎结巴地连话都说不出来，就握住了她的手。奥林匹娅的手冰冷，这可怕的、死一般的冰冷使他不寒而栗，他凝视着奥林匹娅的眼睛，她也正回望着他，满含爱意和渴望。就在那一瞬，那冰凉的手上似乎出现了脉搏的震颤，生命的血流也开始有了温度。而在纳坦奈尔的内心深处，对爱的渴望更加炽热，他搂着美丽的奥林匹娅，带她穿过人群。他本以为跳舞时自己一贯很有节拍感，但奥林匹娅那无懈可击的走位经常使他的步伐出错，这让他很快意识到自己是多么不会踩拍子。然而，他不想和任何其他女人跳舞，并且想杀死任何接近奥林匹娅、想向她邀舞的人。但这种情况只发生了两次，令他惊讶的是，奥林匹娅跳完舞就会坐下来，他便不厌其烦地一次又一次把她拉起来。

要不是纳塔奈尔眼里只有美丽的奥林匹娅，那必然会发生各种糟糕的口角和争吵；因为角落里的年轻人发出了此起彼伏的窃笑。它们被刻意压低了，但显然是针对美丽的奥林匹娅的；他们的眼光都好奇地追随着她，却没人知道他们为什么会这样。在舞蹈和大量的酒精刺激下，纳坦奈尔摆脱了他一贯的羞怯。他坐在奥林匹娅身边，紧握着她的手，热情洋溢地用言语诉说着无人能懂的爱意，无论是他自己，还是奥林匹娅。

不过奥林匹娅也许明白了他的心意；因为她坚定地望进他的眼中，一次又一次地叹息："哎呀，哎呀，哎呀！"于是纳坦奈尔说道："啊，美好的、天使般的女人！你是来自圣洁彼岸的爱之光，你深邃的灵魂，照得我无处遁形……"他这样表白着。然而奥林匹娅只是不停地叹息："哎呀，哎呀！"

斯帕兰扎尼教授几次从这对幸福的人儿身边经过，古怪地对着他们心满意足地微笑。纳坦奈尔还沉浸在自己那个完全不同的世界里,但他突然觉察到,斯帕兰扎尼教授这里的光线明显变暗了;他环顾四周,不无震惊地发现,大厅已然空空荡荡,最后两盏灯也逐渐暗淡,即将熄灭,音乐和舞蹈也早就结束了。

"要分开了,要分开了。"他疯狂而绝望地叫起来,亲吻着奥林匹娅的手,俯身贴向她的唇,冰冷的唇瓣与他炽热的嘴唇相碰!如同他触碰到奥林匹娅冰冷的手时那样,他的心中突生恐惧,脑海中猛地闪过那个亡灵新娘的传说;但奥林匹娅紧紧抱住了他,在这个吻中,她的嘴唇似乎也有了生命的温度。斯帕兰扎尼教授缓缓穿过空荡荡的大厅,他的脚步声在大厅中空洞地回响,身影在摇曳的光影下,有一种阴森可怖的幽灵气息。

"你爱我吗……你爱我吗,奥林匹娅?就一句话!你爱我吗?"纳坦奈尔低声问道。

但奥林匹娅站起来,叹了口气,只是说道:"哎呀,哎呀!"

"是的,我可爱的、美丽的爱人,"纳坦奈尔说,"你已经明白了我的心意,你将永远闪耀,让我重获新生!"

"哎呀,哎呀!"奥林匹娅一边重复应着,一边向前走去。纳坦奈尔跟在她后面,来到了教授面前。

"您和我女儿相谈甚欢,"后者笑着说,"好吧,好吧,亲爱的纳坦奈尔先生,如果你乐意和这个傻丫头来往,那欢迎您来拜访我们。"

纳坦奈尔从那儿离开了,离开了他心中光芒四射的天堂。之后的几天里,斯帕兰扎尼的宴会一直是人们的谈资。尽管教授竭力表现得慷慨大方,可那些狡黠的家伙还是会挑出各种各样奇怪又不得体的事情来评头论足。首当其冲的就是死板僵硬、沉默寡言的奥林匹娅,尽管她外表美丽,却被指愚笨至极,而斯帕兰扎尼将她藏匿这么久的原因也众说纷纭。纳坦奈尔听到这些流言,心里不免气愤,但他没有声张。因为他觉得不值得向这些家伙证明,是他们自己的愚不可及才妨碍他们认识到奥林匹娅深邃而美好的心灵。

"帮我个忙,兄弟。"有一天西格蒙德说道,"帮我个忙,告诉我,你这个害羞的家伙,怎么会为那张蜡像脸,那个木头娃娃倾倒?"

纳坦奈尔怒火中烧,想要发作,但他很快冷静下来,回答道:"告诉我,西格蒙德,平素你一向头脑灵敏、目光明晰,能捕捉到一切美好的事物,为何竟会对奥林匹娅迷人的魅力视而不见?不过恰因如此,谢天谢地,我们没有成为情敌;否则我们中的一个必会倒在血泊中。"

西格蒙德察觉到他朋友目前的状况,巧妙地让步了,表示他并非针对纳塔奈尔的恋爱对象,然后又补充道:"不过奇怪的是,我们很多人对奥林匹亚的评价几乎都是一样的。在我们看来——你可别见怪,兄弟!她僵硬得有些古怪,看上去好像没有灵魂。她的身材平平无奇,她的脸也一样,这是真的!她的眼神中完全没有透出一丝生机,或者说是她的目光完全不聚焦,不然她可能还算得上漂亮。她的步伐出奇地匀称,一举一动都好像由上了发条的齿轮带动的。她的演奏与演唱都有着机器一样精准的节奏,却毫无感情,令人不适,她的舞蹈也是如此。这个奥林匹娅让我们感到毛骨悚然,不想和她扯上任何关系。在我们看来,她只是表现得像一个活人,却异于活人。"

西格蒙德的一席话使纳坦奈尔的心情晦涩起来,但他并没有深陷其中,而是压下心中的烦闷,十分严肃地说道:"你们这些冷酷无趣的人,奥林匹娅对你们来说或许是可怕的。只有充满诗意的灵魂才能如此有条不紊!她充满爱意的目光,散发出理性和思想的光芒,只会投向我,只有奥林匹娅的爱才能让我重新找回自己。你们不喜欢她,也许是因为她不像其他平庸的人一样,在浅薄的谈话中喋喋不休。确实,她话是不多;但寥寥数语也如内心世界中真正的象形文字一般,充盈着爱以及对永恒的来世愿景中精神生活的高度认识。但你们对此一无所知,我所说的一切也是对牛弹琴。"

"上帝保佑你,我的兄弟。"西格蒙德轻声地、近乎忧伤地说,"但在我看来,你走上了一条邪路。你可以指望我,如果一切……不,我还是不继续说了!"

纳坦奈尔突然意识到,冷漠无趣的西格蒙德其实对自己非常真诚,因此他由衷地握了握西格蒙德朝他伸来的手。

纳坦奈尔完全忘记了世上还有一个他曾经深爱的克拉拉;忘记了他的母亲,还有洛塔,所有人都从他的记忆中消失了,他只为奥林匹娅而活。他每天坐在她身边几个小时,幻想着他的爱情,幻想着他们之间炽热的好感,幻想着他们精神上的契合,所有这些奥林匹娅都非常虔诚地听着。从写字台的最深处,纳坦奈尔翻出他写过的所有东西:诗歌、幻想曲、虚构小说、长篇小说、短篇小说,这些内容每天都在增加,因为他又新创作了各种天马行空的十四行诗、八行诗与抒情诗。他会花上好几个小时,不厌其烦地把所有这些都读给奥林匹娅听。不过他还从未有过如此可心的听众,她不刺绣也不编织,不会向窗外看,她不喂鸟,也不逗弄哈巴狗和宠物猫,她不摆弄碎纸片或手里的其他任何东西,也不会刻意轻咳,来克制自己打呵欠。简而言之,一连几个小时,她都一直眼神呆滞、目不转睛地凝视着她的爱人,一动不动,并且这目光变得越来越炽热,越来越鲜活。只有当纳坦奈尔终于起身,亲吻她的手或嘴时,她才会说:"哎呀,哎呀!"但又紧接着说,

"晚安,我的爱人!"

"啊,这个美好、深沉的心灵,"纳坦奈尔在他的房间中大声喊道,"只有你,只有你一个人能完全理解我。"

只要他一想到,他和奥林匹娅心灵上的共鸣一天天日益显著,就会因为内心的这份狂喜而颤抖。因为在他看来,奥林匹娅谈及他的作品,谈及他作为诗人的天赋,仿佛说到了他的心坎里,说出了他自己的心声。一定是这样的;因为除了之前提到的那些话,奥林匹娅再没有更多的言语。不过也有纳坦奈尔理智清醒的时候,例如早上刚醒来时,他回想起奥林匹娅整个人是那么被动又沉默寡言,这时他就会说:"什么是言语,言语!她天使般双眼的目光胜过任何言语。难道一个上天的孩子会屈居在尘世的狭隘圈子里,去迎合可悲的世俗需求?"

斯帕兰扎尼教授似乎对女儿与纳坦奈尔的关系相当满意,他多次明确表达了对纳坦奈尔的善意。当纳坦奈尔终于鼓起勇气,委婉地暗示他想与奥林匹娅结合时,斯帕兰扎尼的整张脸布满了笑容,并且表示他会完全尊重女儿的选择。受到这些话的鼓舞,难抑心中燃烧的渴望,纳坦奈尔决定第二天就去看望奥林匹娅,让她直截了当、清晰明了地说出,她那可爱而充满爱意的目光中早已透露出他俩心照不宣的事实:她愿意永远属于他。他找寻母亲在离别时送给他的戒指,打算献给奥林匹娅,作为自己倾心于她，以及决心与她共结连理的象征。在翻找的过程中，克拉拉和洛塔的信件掉落了出来；他漠不关心地把它们扔到了一边。他找到戒指，把它揣进口袋就一路跑向奥林匹娅那儿。

等到上了楼梯，到了走廊，他听到一阵奇怪的咆哮；似乎来自斯帕兰扎尼的书房。跺脚声、链条当啷声、碰撞声、撞门声，中间夹杂着骂骂咧咧的诅咒：放开我……放开我……卑鄙的家伙……无耻之徒！为它费尽了心血？哈哈哈哈！我们可没有打这个赌……是我，眼睛是我造的……齿轮装置是我……让你的齿轮装置见鬼去吧……头脑简单的制表匠这该死的走狗……离我远点……撒旦……停下……人偶发条……见鬼的浑蛋！停下……滚开……放开我！

那是斯帕兰扎尼和可怕的科波拉的声音，他俩的声音混杂在一起此起彼伏。纳坦奈尔置身其中，被无名的恐惧所笼罩。教授抓着一个女性人形的人偶的肩膀，那个意大利人科波拉抓着她的脚，来回拉扯着，为得到她愤怒地大打出手。当纳坦奈尔认出是奥林匹娅时，他惊恐万状，向后趔趄了一步。他勃然大怒，想把心爱的人从两个暴徒手中夺过来，然而就在这一刻，科波拉用巨大的力量扭转了局面，从教授手中夺过了人偶，并用它给了教授狠狠一记重击，打得他后退撞到了桌子，跟跟跄跄倒在了地上，桌子上立着的药瓶、曲颈瓶、烧瓶、玻璃圆柱体,所有的物件都叮铃哐当地摔成了千万片。这时,科波拉把人偶甩到肩上,在骇人的尖笑中猛冲下楼梯。人偶丑陋的双脚耷拉着,硬邦邦地磕在一级级台阶上,发出木头咔哒咔哒的撞击声。

纳坦奈尔僵在原地。他看得清清楚楚,奥林匹娅那张死一般苍白的蜡质脸上没有眼睛,只有两个黑色的窟窿;她是一个没有生命的洋娃娃。斯帕兰扎尼在地上打滚,玻璃的碎片划破了他的头、胸和手臂,血如泉涌。但他鼓足力气喊道:"快追他,快追他,你还犹豫什么?科波拉……科波拉,他偷走了我最好的机器人,我费尽心血研究了20年,齿轮装置……说话……行走……我的……眼睛……你偷走了眼睛。该死的……不得好死的家伙……追上他……给我奥林匹娅……那儿是她的眼睛!"

此时,纳坦奈尔看到地上有一双血淋淋的眼睛盯着他,斯帕兰扎尼用未受伤的手抓住它们,扔向纳坦奈尔,眼睛砸中了他的胸部。那一瞬间,疯癫用它炽热的爪子攫住了他,进入他的体内,一下撕裂了他的理智与思想。"嚯!嚯!嚯!火轮、火轮!转起来,火轮,有趣,有趣!木头娃娃,嚯,漂亮的木头娃娃,转起来。"他嚷嚷着扑到教授身上,一把掐住了他的喉咙。

他本来想掐死教授,但喧闹声引来了许多人。他们冲

争夺奥林匹娅

纳坦奈尔僵在原地。他看得清清楚楚，奥林匹娅那张死一般苍白的蜡质脸上没有眼睛，只有两个黑色的窟窿；她是一个没有生命的洋娃娃。斯帕兰扎尼在地上打滚，玻璃的碎片划破了他的头、胸和手臂，血如泉涌。

进来，将愤怒的纳坦奈尔扯开，救下了教授，并立即给他包扎了伤口。就连强壮的西格蒙德也无法制服这个疯子，纳坦奈尔不停地用可怕的声音尖叫："木头娃娃转起来！"还紧握拳头袭击周围的人。最终，几个人合力将他按在地上绑起来，才总算制服了他。他的吼叫声渐渐减弱，变成野兽般骇人的咆哮。在这样极度疯癫的狂躁下，他被送入了疯人院。

好心的读者！在继续讲述不幸的纳坦奈尔后续遭遇之前，我可以先明确地告诉你：如果你对精湛的机械师和机器人制造家斯帕兰扎尼表示同情，他的伤口已经完全痊愈了。然而他不得不离开大学，因为纳坦奈尔的事情引起了轰动，人们普遍认为斯帕兰扎尼把一个木偶装作真人带入理智的社交圈中（奥林匹娅有幸拜访过他们)，完全是非法的欺诈行为。法学家们甚至称之为一场精妙的骗局，应该受到更严厉的惩罚。因为他愚弄大众，而且布局如此巧妙，几乎没有人（除了一些非常机智的大学生）察觉到真相。尽管现在每个人都表现得很明智，并列举了他们认为可疑的各种事实。然而，这些所谓的事实实际上并没有带来任何有价值的东西。因为例如：根据一位优雅的圈中人的说法，奥林匹娅打喷嚏比打哈欠频繁，这有悖常理，然而会有人就此起疑吗？这位优雅的人士认为，打喷嚏是隐藏的驱动装置在自动上发条，还能听到明显的咔哒声等等。文学与修辞学教授则取了一撮鼻烟，啪的一声合上烟盒，清了清嗓子，沉声说道："尊敬的先生们、女士们！你们没发现事情的症结在哪里吗？整件事就是一个寓言，一个贯穿始终的隐喻！你们明白我的意思！智者自知！"

但是许多德高望重的先生们并没有冷静下来，机器人的故事已经在他们的内心根深蒂固，事实上，一种对人偶的惧怕和不信任在悄然滋生。仅仅为了确定自己喜欢的不是木偶娃娃，一些人要求自己的爱人不按节奏地唱歌或者跳舞，在聆听朗读的时候做针线活儿，或与小哈巴狗玩耍等等。最重要的是，她们不能只是倾听，还得要经常发表意见，并且得言之有物。一些人的恋爱关系变得更加坚定动人，而另一些人却悄然分手。"这世上，谁也不值得信任。"人们都或多或少地这样说。聚会时人们打哈欠多到令人难以置信，却从不打喷嚏，以避免任何怀疑。而正如我所说，斯帕兰扎尼必须离开，以躲避利用机器人欺骗社会而招致的刑事调查，科波拉也消失无踪。

纳坦奈尔仿佛从一场沉重而可怕的梦中苏醒过来，他睁开眼睛，感受到一种难以形容的幸福，暖流一般柔和美妙地流过他的全身。他在他父亲的那所房子里，躺在自己房间的床上，克拉拉俯身向他，不远处站着他的母亲和洛塔。

"终于，终于，哦，我亲爱的纳坦奈尔，你终于从这场重病中康复了，现在你又是我的了！"克拉拉发自肺腑地说道，并一把将纳坦奈尔抱在怀里。纳坦奈尔悲喜交加，泪如泉涌，发出深深地喟叹："我的……我的克拉拉！"在这场大难中仍忠诚地对自己的朋友不离不弃的西格蒙德走了进来，纳坦奈尔向他伸出手，"忠实的兄弟，你没有抛下我。"

所有疯癫的症状都已无迹可寻，在母亲、爱人和朋友们的悉心照顾下，纳坦奈尔很快就强壮起来。与此同时，运气又回到了这所房子里；因为一位年迈而收入微薄的叔叔过世了，人们原本对他一无所求，却没料到他给纳坦奈尔的母亲留下了一笔不小的遗产，还有一座小庄园，坐落于离城不远的一处宜人地带。他们——母亲、纳坦奈尔以及他如今打算迎娶的克拉拉，还有洛塔，想搬到那里去。纳坦奈尔变得比以往任何时候都更加温和单纯，现在他才真正认识到克拉拉高尚、纯洁、美好的性情，所有人都绝口不提往事，以免让他想起过去。直到西格蒙德来跟他告别时，纳坦奈尔才开口说道："上帝啊，兄弟！我曾步入歧途，然而一位天使及时引领我走上了光明的道路！哎呀，那便是克拉拉！"西格蒙德没有让他继续说下去，因为他担心纳坦奈尔又会清晰地回忆起那段伤心往事。

到了四个幸福的人搬去庄园的日子。中午时分，他们穿过城里的街道，购置了一些物品，市政府高高的塔楼在

沙人 053

集市上投下了巨大的阴影。"嗨!"克拉拉说:"我们爬上去眺望一下远山吧!"说到做到!纳坦奈尔和克拉拉去登塔楼,母亲带着女仆回家了,洛塔不愿意爬那么多台阶,就想在下面等着。两个恋人手挽着手站在塔楼最高的长廊上,俯瞰笼罩着薄雾的森林,森林背后青山耸立,犹如一座巨大的城市。

"你看到那一小片昏暗的灌木丛了吗?好奇怪,它似乎正齐整地朝我们走过来。"克拉拉问道。纳坦奈尔闻言机械地翻开侧袋;他找到了科波拉的望远镜,透过它朝旁边看去,克拉拉站在镜前!顿时他浑身的血管都痉挛般地抽搐起来,他盯着克拉拉,脸色死一般苍白。但很快,火一般的热流汹涌地流经他转动的眼睛,他发出可怕的咆哮,就像一头被猎杀的野兽;然后他猛地跃起,同时发出恐怖的笑声,他一边用刺耳的声音喊着:"木头娃娃转起来……木头娃娃转起来。"一边猛地抓住克拉拉,想把她扔下塔去。魂飞魄散的克拉拉在绝望中死死地抓着塔楼的栏杆。

洛塔听到了疯子的咆哮声,也听到了克拉拉恐惧的尖叫,不祥的预感掠过他的心头,他向塔上冲去,第二层楼梯的门被锁上了。克拉拉痛苦的叫声更响了。愤怒和恐惧使得洛塔疯了一样朝门撞去,门终于弹开了。而克拉拉的声音变得越来越虚弱:"救命……救救……救救……"声音渐渐消散在空气中。

"她死了，被那个疯子害死了。"洛塔大喊道。通往长廊的门也紧锁着，绝望使他爆发了巨大的力量，强行把门从枢轴上撞了下来。上帝啊！克拉拉被发疯的纳坦奈尔抓着，悬在长廊外的半空中，只有一只手还抓着铁栏杆。洛塔闪电般地抓住自己的妹妹，将她拉了回来，同时向那个疯狂男人的脸狠狠揍了一拳。纳坦奈尔踉跄着后退了几步，松开了手上濒死的猎物。

洛塔抱着昏迷不醒的妹妹冲下塔去。克拉拉得救了。这个时候纳坦奈尔开始在长廊上来回奔跑跳跃，并大声喊着："火轮转起来……火轮转起来"。

人们循着这疯狂的喊声聚集到了塔下；身材高大的科佩留斯在他们中格外显眼，他刚来到这个城市，正往集市这边而来。人们想上塔去制住那个疯子，科佩留斯笑着说："哈哈……等着吧，他会自己下来的。"说罢，便像其他人一样抬起头来望向塔顶。

突然，纳坦奈尔呆立在原地，他弯下腰，发现了科佩留斯，随着一声尖叫："哈！好看的眼睛……好看的眼睛！"他翻过栏杆，纵身一跃。

纳坦奈尔摔碎了脑袋，躺在石头路面上，而科佩留斯已经消失在了混乱的人群中。

几年后，据说有人在遥远的地方看到克拉拉，在一座美丽的乡间别墅门前,她与一位面善的男子手挽着手坐在一起,面前还有两个活泼的男孩在玩耍。由此人们可以得出结论,克拉拉还是找到了和她开朗且热爱生活的心性非常契合的平静安宁的家庭幸福,而这是内心撕裂的纳坦奈尔永远无法给予她的。

《沙人》铜版画作品

1883年出版的霍夫曼故事集中《沙人》的插图

捷克插画家雨果·史坦纳-普拉格为《沙人》创作的插图

除夕夜的冒险

编辑前言

　　这位旅行的狂热爱好者，在他的日记中记载了另一段卡洛①式的幻想故事，他显然很少把自己的内心世界与外在生活分开，以至于人们几乎无法区分这两者的界限。然而正是因为你，亲爱的读者，无法清晰地感知这个界限，才可能会被这位通灵者引诱，不知不觉中你会发现自己置身于一个陌生的魔法王国，王国中怪异的形象真实地融入了你的外在生活，并且想要与你像老朋友一样亲近。为此我发自内心地请求你，亲爱的读者，你能像对待老朋友一样接纳他们，是的，完全投入到他们精彩的活动中，甚至乐意忍受他们为吸引眼球而可能让你产生的一些轻微的战栗。为这个如今在各地，包括在柏林的除夕夜，经历许多怪异而疯狂事情的旅行热衷者，我还能再多做些什么呢？

---

① 雅克·卡洛（1592—1635），是一位来自洛林公国（位于德法之间的独立国家）的画家、版画艺术家。他发明了新的蚀刻技术，创作了大量版画，细致地刻画了当时的宫廷生活、军事战役和都市生活。

1. 爱人

　　我心中感受到了死亡，冰冷的死亡，是的，从我的内心深处，它像锋利的冰柱一样，从我的心里刺入炽热的神经。我狂奔不止，忘记了帽子和外套，冲进了狂风暴雨的漆黑夜中！塔楼的旗帜猎猎作响，仿佛时光转动它那可怕的永恒车轮所发出的声响，逝去的岁月如同重物一般，即将闷声滚入黑暗的深渊。你是知道的，这段时间，圣诞节和新年，对所有人来说都充盈着鲜亮、美好的喜悦，却总是把我从宁静的居所扔到波涛汹涌、咆哮的大海上。圣诞节！这是一个友善的微光长久照耀着我的节日。我简直迫不及待——我比一年中的任何时候都更好，更孩子气，敞开的心扉没有滋生阴郁、怨恨的念头，只有来自天堂的真正喜悦；我再次成为一位欢呼雀跃的少年。在明亮的圣诞小木屋里那些彩色的镀金雕刻中，可爱的天使面孔在向我展开微笑，庄严的管风琴声穿过熙攘的街头，仿佛从远处传来："一个孩子已经为我们而生！"但是在节日过后，一切都归于沉寂，那抹微光也在昏暗中熄灭。每年都有越来越多的花朵凋零，它们的新芽永远死去，在枯萎的树枝上，春日的阳光无法点燃新的生命。我很清楚这一点，但随着年关将至，一股敌对的力量总是充满恶意地幸灾乐祸地不断提醒我。"看看吧，"它在我耳边低语，"看看吧，这一年里有多少快乐离你而去，它们一去不复返，但与此同时，你也变得更加聪明，对俗世的欢愉不再抱有太多期待，逐渐成为一个严肃的人——完全没有了快乐。"每年在除夕夜，魔鬼都会为我保留一份特别的恶作剧。他深知在合适的时刻，带着可怕的冷笑，用尖锐的爪子狠狠地插进我的胸膛，并以喷涌而出的心头之血为乐。他随处都能寻到帮手，就比如昨天那位司法顾问坚定地对他施以援手。除夕夜在他那儿（我的意思是司法顾问），总是有许多人聚在一起，他想在亲爱的新年来临之际给每个人带来特别的快乐，而他的动作笨拙迟钝，总是使他费心筹划的一切欢乐都淹没在滑稽的悲叹中。

当我进入前厅时，司法顾问迅速迎了上来，在茶香四溢、烟雾缭绕的圣所的入口处挡住了我。他看起来十分愉悦和狡黠，奇怪地冲我微笑着说道："朋友，朋友，有某样珍贵的东西在房间里等着您呢——一份独一无二的惊喜，在亲爱的除夕之夜——只是您别被吓到了！"这让我心头一颤，不祥的预感涌上心头，我感到非常压抑和害怕。门被打开了，我快步上前，走进房间，在沙发上的女士们中央，她的身影映入我的眼帘。那是她，她本人，我多年未见到了，生命中最幸福的时刻在我内心闪过一道强大而热烈的光芒，再也没有致命的失落，辞别的念头被彻底摧毁！她来到这里是多么美妙的巧合，是什么事件使她进入司法顾问的社交圈，我完全不知道他认识她，对这一切我并没有多想，我只想着：我又见到了她！可能我一时呆在那里，如同被魔法突然击中一般不动；司法顾问轻轻地推了推我："怎么啦，朋友，朋友？"我机械地继续向前走，但我的眼中只有她，从我紧绷的胸膛里艰难地吐出几个字："我的天啊，我的天啊，朱丽叶在这儿？"我站在茶几旁，直到朱丽叶注意到了我。她站起身，用一种近乎陌生的语气说："在这儿见到您真是太高兴了，您看起来很好！"说完她重新坐下，询问坐在她旁边的女士，"下周我们能看到有趣的戏剧吗？"你靠近美丽的花朵，它散发着熟悉的甜美香气，向你散发光芒，但当你弯下腰仔细观察它可爱的容貌时，从微光闪闪的花叶中突然跳出一只光滑、冰冷的蛇怪，试图用充满敌意的目光杀死你！这就是我现在的处境！我笨拙地向女士们鞠了一躬，为了给这种恶毒的目光增添些愚蠢荒谬的意味，我快速后退，将手中冒着热气的茶泼向了司法顾问。他当时紧挨着站在我的身后，茶水溅在他胸前折叠精致的胸饰上。人们嘲笑法官的不幸，更多地可能是嘲笑我的笨手笨脚。如此一来，一切都为彻底的疯狂做好了准备，而我则抱着听天由命的绝望心态给自己打气。朱丽叶没有笑,我疯狂的目光迎上了她,仿佛一道光芒,从美好的过去,从充满爱和诗意的生活向我袭来。这时隔壁房间有人开始在钢琴上演奏幻想曲,这让整个聚会的人群都兴奋了起来。据说那是一位陌生的大演奏家,名叫贝格尔①,他的演奏神乎其神,让人不得不专心聆听。"别把茶匙搅得叮叮当当得那么难听,敏欣。"司法顾问大声说,他微微弯曲手指着门,甜甜地来了句,"嗯,请!"邀请女士们走近这位演奏家。朱丽叶也起身,慢慢走向隔壁房间。她的整个身形变得有些陌生,在我看来她似乎比原来更为高大,几乎有一种丰腴的美感。她那身白色百褶裙剪裁独特,只半遮住她的胸部、肩膀和脖颈,宽大的蓬蓬袖一直延伸到她的手肘,她的头发由前额向两边分开,在脑后编成许多辫子,这个奇异的发型赋予她一种古典的感觉,使她看起来几乎像米里斯②画作中的少女——然而,我又感觉到,我仿佛在什么地方以明亮的眼睛清晰地看过朱丽叶转变后的形象。她已经摘下了手套,就连缠绕在手腕上的人工手镯也分毫不差,就是为了通过一身完全一致的服饰,不断唤起那些黑暗的记忆,使其变得越来越生动鲜活、多姿多彩。朱丽叶在进入隔壁房间之前转向我,她那天使般美丽、年轻优雅的脸在

---

① 路德维希·贝格尔(1777—1839),德国作曲家、钢琴演奏家,是当时声名远扬的钢琴老师,门德尔松是他的学生。
② 弗兰斯·范·米里斯(1635—1681),荷兰画家。

我看来仿若扭曲了，流露出轻蔑的嘲笑；一种可怕的、令人恐惧的情绪在我心头涌动，好像一阵痉挛席卷了我所有的神经。"啊，他的演奏简直是天籁之音！"一位喝了甜茶兴奋起来的小姐轻声说道，我自己也不知道怎么回事，任她的胳膊挂在我的胳膊上，我领着她，或者更确切地说，是她领着我步入了隔壁房间。贝格尔刚刚演奏出了最狂野的飓风；那些强劲的和弦，如雷鸣般的海浪上下起伏，让我身心愉悦！这时朱丽叶站在我旁边，用比以往任何时候都更甜美、可爱的声音说道："我希望是你坐在钢琴前，温柔地歌唱逝去的欢愉和希望！"敌人离我而去，只有朱丽叶！在这个唯一的名字里，我想要表达我有如身在天堂的所有喜悦。但是期间进来的其他人已经把她从我身边分开了。她现在显然在躲着我，但我还是成功地时而摸一摸她的裙子，时而靠近她，闻一闻她的气息，我心中浮现出那千万种色彩斑斓的往昔春光。贝格尔已经让飓风咆哮的琴音平息，天空变得明朗，可爱的旋律像金色的晨云一样掠过，在弱音中渐止。这位演奏大师赢得了当之无愧的掌声，人潮涌动，我不知不觉地站到了朱丽叶的身旁。我内心的念头愈来愈强烈，我想要抓住她，带着疯狂之爱的痛苦紧紧拥抱她，但是一个忙碌的仆人可恶地挤到我们之间，他手里托着一个大托盘，非常惹人厌地嚷嚷着："您有什么吩咐?"在装满热气腾腾的潘趣酒①的玻璃杯中间,摆放着一只打磨精美的高脚杯,里面似乎也装着同样的饮品。它是怎么出现在普通杯子中间的,我逐渐熟悉的那个人最清楚;就像《屋大维》中的克莱门斯②一样,他大步流星地走来,一只脚还画出可爱的曲线,并且非常喜欢红色的小外套和红色的羽毛。朱丽叶拿起这个打磨精美、闪闪发光的高脚杯递给我,说:"你还像以前一样,愿意从我手中接过杯子吗?"

"朱丽叶——朱丽叶——"我叹息道。我接过酒杯,触碰到了她柔嫩的手指,被电光火花击中的感觉穿透我所有的脉搏和血管。我喝啊,喝啊——我觉得玻璃杯和嘴唇周围好像有蓝色小火焰在噼啪作响。酒杯已经空了,我自己也不知道是怎么回事,我坐在只有一盏雕花大理石灯照亮的小房间里的无靠背沙发上,朱丽叶——朱丽叶在我旁边,像往常一样纯真而虔诚地望着我。贝格尔又重新坐到钢琴前,他演奏着莫扎特优美的E大调交响曲的行板,我最灿烂的阳光生活中所有的爱情和欢愉,在乐曲的天鹅翅膀上振动和升腾。是的,那是朱丽叶,朱丽叶本人,天使般美丽温柔,我们的谈话,充满渴望爱情的哀诉,更多是

---

① 印地语五的意思,一种热酒精混合饮料,源于印度,通常由五种成分组成(因此得名)。

② 人物出自德国诗人、作家路德维希·蒂克(1773—1853)的喜剧《屋大维皇帝》。

眼神而不是言语，她的手放在我的手上。"现在，我永远不会离开你，你的爱是在我心中闪耀的火花，点燃了艺术和诗歌中更为高雅的生命之火。没有你，没有你的爱，一切都是死亡和僵化——你这不是为了永远和我在一起也来了吗？"就在这一刻，一个细胳膊细腿的笨拙身影摇摇晃晃地走了进来，这人鼓着一对青蛙眼，一边痴傻地笑着一边尖锐刺耳地叫道："见鬼，我的妻子去哪儿了？"朱丽叶站起来，用异样的声音说道："我们不回到宾客中吗？我丈夫在找我。您又变得十分风趣，我亲爱的朋友，还是和以前一样幽默，只是喝得太多了，要节制些。"那个细胳膊细腿的小个子抓住她的手；她笑着，跟着他走进大厅。

"永远失去了！"我大声喊道。

"是的，没错，科迪勒，亲爱的！"一个正在玩西班牙纸牌的畜生咯咯笑着说。我跑了出去，冲进了风雨交加的夜晚。

2. 地窖里的聚会

在菩提树下大街上往来漫步，在平时或许会很惬意，但是在霜雪纷飞的除夕夜就不是这么回事了。当冰雪的寒意穿透热血沸腾的身体，没戴帽子、没穿大衣的我，终于感受到了彻骨的寒冷。我沿着歌剧院桥继续前行，经过宫殿，我拐了个弯，跑过造币厂旁边的船闸桥，来到了猎人大街上紧挨着蒂尔曼商店的地方。那里的房子里亮着柔和的灯，因为冻得太厉害，我想进去猛灌一大口烈酒；就在那时，一群人欢快地走了出来。他们谈论着美味的牡蛎和上好的十一番葡萄酒①。"那个人确实说得对，"在灯光下我看到一个魁梧的重骑兵军官说道，"去年在美因茨骂那些该死的家伙确实说得对，那些家伙在1794年根本拿不出十一番葡萄酒②。"所有的人都肆意大笑起来。我不由自主地往前走了几步，停在了一个地窖前，从里面透出一丝孤零零的灯光。莎士比亚笔下的亨利曾经是不是如此疲惫和虚弱，连他也会想喝上一杯低度啤酒？事实上，我此时也

---

① 指的是著名的1811年出产的葡萄酒。
② 这里影射1794年法国占领美因茨，并建立共和国，但很快就失败解散了。

感同身受，我的舌头在渴望一瓶优质的英国啤酒。我迅速地进入了这个地窖。"请问需要什么？"店主推了推帽子，友善地问道。我点了一瓶上好的英国啤酒和满满一烟斗上好烟草，很快就沉浸在了风雅的俗世之乐中，就连魔鬼也会对此敬而远之。哦，司法顾问！如果你看到我从你明亮的茶室出来，走进昏暗的啤酒窖，你一定会一脸骄傲、轻蔑地在我面前转过头去，嘟囔着："这样的家伙弄坏最精致的胸饰，难道还奇怪吗？"

我不穿帽子和外套可能让人觉得有些奇怪。那个人的问题刚到嘴边，就有人在敲窗户，一个声音传了下来："开门，开门，我在这儿！"店主跑出去，很快又回来了，手里高举着两支点燃的蜡烛。他的身后跟着一个十分高大修长的男人。他忘记在低矮的门口弯腰，头被结实地撞了一下；不过他戴着的一顶类似贝雷帽的黑色帽子，保护了他的脑袋。他姿势独特地缩着身子，贴着墙边走，然后把蜡烛放在桌子上，坐在了我的对面。几乎可以说，这人看起来既狂妄又烦躁。他不耐烦地要了啤酒和烟斗，吸了几口屋里就升起了浓烟，我们很快就如坐云雾之中了。此外，他的脸庞有一种独特吸引力，尽管他脸色阴沉，我还是立刻就喜欢上了他。他浓密的黑色头发梳成中分，两侧各有许多小卷发垂落下来，使他看起来像鲁本斯①的画像。当他翻下大衣领时，我看到他穿着一件有很多花边的黑色库尔特卡②，但我特别注意到的是，他在靴子外面还穿着一双精致的套鞋。在他五分钟就抽完一斗烟，敲出烟斗里的烟灰时，我注意到了这一点。我们的谈话进行得并不顺利，这个陌生人似乎忙于摆弄各种奇花异草，他从一个小匣子里把它们拿出来并且兴致高涨地观赏它们。我表达了对这些美丽植物的惊叹，因为它们看起来像是新鲜采摘下来的，我便问他，是否是刚从植物园或者布赫尔先生③那里得到的。他怪异地笑了笑，回答道："看来植物学不是您的专长，否则您就不会这样说了。"他停顿了一下。

我小声嘀咕道："犯傻了。"

"您既然问了，"他坦诚地补充道，"肯定第一眼就认出这是高山植物，并且知道它们是如何在钦博拉索山④上生长的。"陌生人自言自语地轻声说出最后一句话，你可以想象，当时的情形让我很奇怪。每一个问题都到我的嘴

---

① 彼得·保罗·鲁本斯（1577—1640），弗兰德画家，巴洛克画派早期的代表人物。

② 一种制服名称，最初为拿破仑战争期间波兰军队使用，短下摆和徽章色胸饰是其特色。

③ 位于柏林的一家花店。

④ 位于南美洲厄瓜多尔中部，是一座圆锥形的死火山，海拔6272米（亦说6310米），位于厄瓜多尔首都基多西南偏南150公里，也是厄瓜多尔最高峰。

边却问不出；但我的内心却涌现出越来越强烈的预感，好像这个陌生人我不仅经常看到，还会经常想到他。这时，有人再次敲了窗户，店主打开了门，一个声音喊道："行行好，快把你们的镜子罩起来。"

"啊哈！"店主说，"苏沃洛夫将军[①]来得可够晚的。"店主罩上了镜子，紧接着一个瘦削的小个子男人，以一种慢悠悠的速度蹦了进来，我的意思是他缓慢却又灵活。他穿着一件颜色非常少见的棕色大衣，当这个男人在屋里蹦来蹦去时，大衣上的很多褶皱以一种独特的方式围着身体飘荡，在烛光的映照下看起来像是许多身影交互穿梭，好似身处恩斯伦[②]的幻境中。他一边搓着隐在宽大袖子里的手，一边喊道："冷！冷，啊，冷得要命！跟意大利不一样，完全不一样！"最后，他坐在我和那个大个子之间，说道："这烟雾太厉害了——烟斗对着烟斗——要是我也来一撮就好了！"我口袋里装着你曾经送给我的镜面抛光的金属盒子，我立即把它拿出来，想给这个小个子一些烟草。他一眼看到那个盒子，立即伸出双手推开了它，大声喊道："拿开，拿开这面可恶的镜子！"他的声音夹杂着一丝惊恐，当我满腹狐疑地看向他时，他已经变了个样子。

[①] 亚历山大·瓦西里耶维奇·苏沃洛夫（1730—1800），俄罗斯军事家、战略家，俄军统帅。这里借用了这个名字称呼来人。

[②] 恩斯伦（约1782—1866），柏林艺术学院教授，他利用灯光效果展示光怪陆离的影像。

原本跳进来的是一个看着很舒服的小个子年轻人，但此刻瞪着我的却是一张苍白、干瘪、满脸皱纹、眼神空洞的老人脸。我惊疑不定地向大个子那边挪了过去。"天啊，您倒是看看！"我想要大声喊出来，但那个大个子对这一切都无动于衷，他全神贯注地盯着他的钦博拉索植物。就在那一刻，小个子用一种做作的表达方式要求道："来杯北方的葡萄酒。"逐渐地，谈话气氛变得活跃起来。那个小个子的确让我感到非常不安，但那个大个子对看似微不足道的事情却能说出很多深刻而有趣的见解，尽管他似乎在尽力做到词能达意，但有时还是会掺杂一两个不得体的词，然而这些词往往给事情平添了一些滑稽诙谐的独特性，如此一来，随着我的内心越来越感受到他的友善，我对小个子的恶劣印象也缓和了。那个小个子好像靠弹簧驱动一样，因为他在椅子上来回挪动，双手不停地在那儿比画。当我清楚地注意到他好像拥有两张面孔，并以不同的面孔看人时，仿佛一股冰水顺着我的头发流到了后背。尤其是，他经常用他那张苍老的脸盯着那个大个子看，大个子的安静闲适与小个子的敏捷灵活形成了鲜明的对比，不过他的目光并不像之前那样让我感到害怕。在尘世间的假面游戏中，内在的灵魂经常用闪闪发光的眼睛透过面具看到彼此，认出彼此的亲缘关系，也许我们在地窖里的三个与众不同的人也是这样相互认出了彼此。我们的谈话带着那种只有在深受创伤、心如死灰的情绪下才能产生的幽默。"这也有它棘手的地方①。"大个子说。

"哦,天啊,"我插话道,"魔鬼在各处为我们设置了多少钩子,房间的墙壁上、凉亭里、玫瑰篱笆中,当我们漫步经过时,总会把一些宝贵的自我挂在了那里。看起来,尊敬的先生们,似乎我们每个人都已经失去了一些东西,尽管今晚我主要是丢失了帽子和外套。正如您们所知道的,它俩都挂在司法顾问前厅的一个挂钩上!"小个子和大个子明显吃了一惊,就好像有什么东西意外地击中了他们一样。小个子用他那张苍老的脸恶狠狠地看着我,但随即就跳到椅子上,把罩在镜子上的布拉得更为严实,而大个子则小心翼翼地擦着灯。谈话又艰难地恢复了,有人提到一位名叫菲利普②的年轻勇敢的画家和一位公主的画像,他以满腔爱意和对上帝虔诚的渴望完成了这幅画,仿佛女主人深邃圣洁的思想点燃了他的心灵。"说起来画得很像,但却不是肖像,而只是一幅画作。"大个子认为。

"这话太对了,"我说,"简直可以说就像从镜子里偷出来的。"

这时小个子疯了似的跳了起来,用他苍老的脸和闪烁不定的眼睛盯着我,喊道:"这也太愚蠢,太疯狂了,谁

---

① 原词本意为钩子,引申为困难或麻烦。
② 菲利普·维特(1793—1877),德国浪漫主义画家。

能从镜子里偷走图像？谁能做到？魔鬼吗？哦吼，兄弟，那个家伙用笨拙的爪子砸碎玻璃，女人画像里那双白皙精致的手也会受伤流血。这太蠢了吧。嗨！你给我看这个镜像，这个偷出来的镜像，我就从千英寻①之上一跃而下给你看，你这个可悲的家伙！"

大个子站了起来，朝小个子走过去，说道："别说这些没用的，我的朋友！不然你会被扔下楼梯，带着你自己的镜像，那看起来可能会很狼狈。"

"哈哈哈哈！"小个子发出了疯狂的嘲笑和尖叫，"哈哈哈，你这么认为吗？你觉得是这样吗？我可有我自己美丽的影子，哦，你这个可怜的家伙，我可是有影子的！"说完他就跳了出去，我们还听到他在外面恶毒地叫嚣和大笑："我可是有影子的！"大个子仿佛被击垮了一般，瘫倒在椅子上，脸色惨白，双手撑着脑袋，胸口最深处发出一声沉重的叹息。"您怎么了？"我关切地问道。"哦，我的天啊，"大个子回答说，"那个邪恶的人，对我们怀有如此大的敌意，一直在跟踪我，还跟踪我到了经常来的酒馆，我通常是独自一人在这儿，最多只有一个地灵躲在桌子下面，偷吃掉落的面包屑，那个邪恶的人把我带回到了我最深的苦难之中。啊，失去了，无可挽回地失去了我的……您多保重！"他站起来，穿过房间走到门外。他周围的一

---

① "寻"指英寻。1英寻等于6英尺，相当于1.828米。

切都保持明亮——他没有投下任何影子。我激动万分地追了上去。"彼得·施莱米尔,彼得·施莱米尔!①"我欣喜地大声喊道,但他已经扔掉了套鞋。我看着他穿过哨兵岗楼,消失在夜色中。

当我想回到地窖时,店主当着我的面砰地关上了门,并且说:"上帝保佑我远离这样的客人!"

---

① 《彼得·施莱米尔的神奇故事》是诗人兼博物学家查米索(1781—1838)所写的童话故事。讲述了施莱米尔如何结识灰衣人并出卖自己影子的故事。

3. 幻象

马修先生是我的好朋友，他的看门人是个非常警觉的人。我一按"金鹰"旅馆的门铃，他就给我开了门。我解释说，我没戴帽子，也没穿大衣，就从一个聚会中溜了出来，但我的房门钥匙却在大衣口袋里，也不能指望叫醒那个耳聋的女佣。于是那位友善的人（我指的是守门人），打开了一间房间，点了灯，祝我晚安后便离开了。一面宽大美丽的镜子被罩上了，我把两盏灯放在镜台上，鬼使神差地拉下了布帘。当我望向镜子时，发现自己的脸色苍白，变得面目全非，我几乎认不出是我自己。我觉得仿佛有一个黑色的身影从镜子的最深处浮现出来；当我的目光和思绪定格在上面时，奇异的魔力光芒中越来越清晰地显现出一个姣好女性形象的特征——我认出来了，是朱丽叶。被炽热的爱和渴望所束缚着，我大声叹息："朱丽叶！朱丽叶！"这时，在房间角落的床帷后面传来呻吟和叹息。我仔细倾听，呻吟声变得越来越胆怯。朱丽叶的影像已经消失，我果断拿起一盏灯，迅速拉开床帷看了进去。我该如何向你描述我的震撼啊，当我看到那个小个子躺在那里，看到他那张年轻但痛苦扭曲的脸，在睡梦中从胸口深处发出叹息"朱丽叶塔！朱丽叶塔！"时。这个名字点燃了我的内心，恐惧离我而去，我抓住小个子并粗暴地摇晃他，大声喊道："嘿，好朋友，您怎么进了我的房间，醒醒，赶紧滚蛋！"

小个子睁开眼睛，用阴沉的眼神看着我。"这是一个噩梦。"他说道，"谢谢您叫醒了我。"这些话听起来仿佛只是一声轻柔的叹息。我不知道为什么，小个子现在给我的感觉完全不同了，甚至他感受到的痛苦也触及了我的内心深处，我的愤怒在深切的悲伤中消失了。没说几句，我们就发现，是守门人因为疏忽给我打开了小个子已经住下的房间，所以是我失礼地闯入，惊扰到了小个子的睡梦。

"我的先生，"小个子说道，"您可能觉得我在地窖里时相当疯狂和放肆，您可以把我的行为归咎于——我不得不承认——有时我会被一个疯狂的幽灵所控制，这将我排挤出了所有正派和得体的圈子。难道您不是偶尔也会经历同样的事吗？"

"哎呀，天啊，是的。"我沮丧地回答道，"就在今天晚上，当我再次见到了朱丽叶时，就发生了这样的事情。"

"朱丽叶？"小个子用一种令人反感的声音嘶哑地说道，他的脸抽动了一下，突然又变老了。"哦，请让我平复一下心情，行行好，请帮我把镜子蒙起来吧！"他说完，疲倦地倒在枕头上。

"我的先生,"我说道,"我那永远失去的爱人的名字似乎唤醒了您心中奇怪的回忆,您亲切的面容也发生了明显的变化。但我希望能与您一起安静地度过这个夜晚,所以我会立即把镜子遮住,然后上床睡觉。"

小个子坐起来,用他年轻面容上极其温柔和善的眼神看着我,同时抓起我的手,轻轻地握了一下说道:"我的先生,您安心睡吧,我看我们是同病相怜之人。您应该也是这样吧?朱丽叶,朱丽叶塔,不管怎样,您对我施加了一种无法抗拒的力量,我无法做出其他选择,我必须向您揭露我最深的秘密,之后,您会憎恨我,鄙视我。"说完这句话,小个子慢慢站了起来,裹上一件宽大的白色睡袍,轻手轻脚地、像个幽灵一样走向镜子,站在了镜子面前。哎呀!镜子清晰地映照出两盏灯,房间里的物品,还有我自己,但小个子的身影在镜子中看不到,没有一丝光线反射出他那张几近扭曲的脸庞。他转向我,脸上流露出深深的绝望,他紧紧地握着我的手。"现在您了解了我无尽的痛苦。"他说道,"施莱米尔,这个纯洁、善良的灵魂,和我这个被遗弃的人相比还是令人羡慕的。他轻率地出卖了自己的影子,而我!我把我的镜子里的影像献给了她——她!哦——哦——哦!"小个子悲切地长吁短叹,他双手捂住眼睛,摇摇晃晃地走向床边,立刻扑倒在床上。我呆立在那里，疑惑、鄙视、恐惧、同情、怜悯，我自己也不知道我的内心到底对这个小个子怀着何种情感，是认同还是否定。就这一会儿，小个子很快就开始优美悦耳地打起鼾来，我无法抵御这声音的催眠力量。我迅速罩上镜子，熄了灯，像小个子一样扑到床上，很快也沉沉睡去。大概已经是清晨了，我被一缕眩目的晨光唤醒。我睁开眼睛，看到小个子穿着白色的睡袍，头上戴着睡帽，背对着我坐在桌子旁，点着两盏灯在奋笔疾书。他看起来像个幽灵，我不禁有些毛骨悚然；梦境突然抓住了我，将我重新带回了司法顾问家，我坐在沙发上，旁边是朱丽叶。但很快，整个聚会仿佛成了福克斯、韦德、肖赫[1]，或其他什么人举办的一场玩味十足的圣诞展览，司法顾问则成了德拉甘特歌剧里一位娇小的、胸口带有纸质装饰的人物。树木和玫瑰花丛变得越来越高。朱丽叶站起来，递给我一个直冒蓝色火焰的水晶高脚杯。然后我的胳膊被拉住，小个子顶着他那张苍老的脸站在我身后，小声说："别喝，别喝，好好看看她！你难道没在勃鲁盖尔[2]、卡洛或伦勃朗[3]的警示牌上见过她吗？"面对朱丽叶我感到一阵不寒而栗，因为她看起来的确像那些大师画作中被地狱怪物环

---

[1] 均为糕点烘焙店，曾经展示过糕点甜品仿制的军事场景。
[2] 彼得·勃鲁盖尔（约1525—1569），荷兰画家。
[3] 伦勃朗·哈尔曼松·凡·莱因（1606—1669），欧洲17世纪最伟大的画家之一，也是荷兰历史上最伟大的画家。

没有镜影的人

"现在您了解了我无尽的痛苦。"他说道,"施莱米尔,这个纯洁、善良的灵魂,和我这个被遗弃的人相比还是令人羡慕的。他轻率地出卖了自己的影子,而我!我把我的镜子里的影像献给了她——她!哦——哦——哦!"

绕的诱人少女，穿着带蓬蓬袖的百褶长袍，头上戴着发饰。"你为什么害怕？"朱丽叶说，"反正你和你的镜中影像都完完全全是我的。"我抓起高脚杯，但小个子像松鼠一样跳到我的肩膀上，用尾巴拂扫着火焰，惹人厌地尖叫着："别喝，别喝。"然而这时展览的糖人都活了过来，用滑稽的方式晃动着它们的小手小脚。德拉甘特的司法顾问小跑着朝我而来，细声细气地说道："为什么这么吵，我最好的朋友？为什么这么吵？请让您亲爱的双脚落地吧，我早就注意到您一直在椅子和桌子上悬空穿行。"

小个子消失不见了，朱丽叶手里也不再拿着高脚杯。"为什么你不愿意喝呢？"她说，"从高脚杯中流转而出的纯洁美丽的火焰，难道不是你曾经从我这里得到的亲吻吗？"我想把她拥入怀中，但施莱米尔却插了进来，说道："这是米娜，她嫁给了拉斯卡尔①。"他朝几个糖人踢了几脚，那几个糖人大声呻吟起来。但很快他们就成百上千地猛增，在我身边乱窜，像一群五颜六色、丑陋不堪的马蜂，在我周围嗡嗡作响。德拉甘特的司法顾问已经跳到了我的领带上，把领带越拉越紧。"该死的德拉甘特司法顾问！"我发出一声大吼，从睡梦中惊醒过来。天已大亮，已经是中午十一点了。"关于那个小个子的一切大概只是

---

① 在《彼得·施莱米尔的神奇故事》中曾是施莱米尔的管家，骗娶了主人施莱米尔的未婚妻。

一个比较逼真的的梦吧。"我正这样想着,这时仆人端着早餐进来,告诉我说,和我同睡一室的陌生人,一大早就离开了,并让他代为转达最诚挚的问候。在那个幽灵般的小个子晚上坐的桌子上,我发现了一页刚刚写就的纸笺,我将纸上的内容与你分享,因为这无疑是这小个子的神奇故事。

4. 丢失的镜像的故事

终于，埃拉斯姆斯·施皮柯尔实现了他一生的愿望。他怀着喜悦的心情，背着满满的行囊，坐上马车，离开北方的家乡，前往美丽温暖的威尔士地区①旅行。慈爱忠诚的女主人挥洒了千万滴的眼泪，她仔细擦拭了小拉斯姆斯的鼻子和嘴巴，然后将他抱上马车，好让他父亲在告别时能亲吻他一下。"保重，我亲爱的埃拉斯姆斯·施皮柯尔，"妇人抽泣着说道，"我会替你好好照顾这栋房子，多想着我，要对我一直忠诚，你习惯性地在车上打瞌睡时，不要把你漂亮的旅行帽弄丢了。"施皮柯尔答应了。

在美丽的佛罗伦萨，埃拉斯姆斯找到了几个老乡，他们充满了生活的热情和青春的勇气，沉醉在这个美妙土地提供的丰富享乐中。他向他们证明了自己是一个可靠的伙伴，在这里举办的各种轻松愉快的狂欢上，施皮柯尔那活力四射的思想，以及给疯狂的放纵添加一些深刻意义的才能，给这些狂欢带来了特别的活力。因此，这些年轻人（埃拉斯姆斯，才二十七岁，应该也算是其中一员）有一

---

① 拉丁语系的邻国，指意大利或法国。

天晚上在一个美妙、芬芳的花园里,在灯光摇曳的灌木丛旁,举行了一场非常欢乐的盛宴。除了埃拉斯姆斯之外,每个人都带来了一位可爱的女伴。男士们穿着精致的古德意志服装,女士们则身穿色彩艳丽、闪闪发光的衣裙,每个人的打扮都如梦似幻,与众不同,以至于看起来就像是行进的美丽花儿。如果有人在曼陀林的琴声中唱起意大利的情歌,男士们就轻快地敲击装满锡拉库萨①酒的玻璃杯,吟唱强有力的德国轮唱曲。意大利确实是爱情的国度。夜晚的微风如渴望的叹息一般轻拂,柑橘和茉莉的香气仿佛爱的告白在树丛中弥漫,与那些轻松俏皮的游戏交织在一起,游戏中这些迷人的女人,她们表现出的那种小巧可爱的诙谐幽默,就好像只有意大利女人才拥有似的。欢乐的气氛越来越浓,歌声也越来越响亮。弗里德里希,这些人中最热情的一个,站了起来,一只手搂着他的女伴,另一只手高举起装满锡拉库萨酒的玻璃杯,高喊道:"可爱的、美丽的意大利女人们,除了在你们这儿,哪里还能找到天堂般的快乐和幸福,你们简直就是爱情本身。""但是你,埃拉斯姆斯,"他转向施皮柯尔继续说道,"似乎并没有特别感受到,因为不仅在于,你违背了所有的约定、规则和礼仪,没有邀请女伴来参加我们的聚会,你今天还如此忧

---

① 古希腊殖民城邦,位于西西里岛东南岸阿纳普河口附近,今属意大利。

郁和沉默。还好你至少纵情饮酒和歌唱，不然我都要相信你突然变成了一个无聊的忧郁者。"

"我必须向你承认，弗里德里希，"埃拉斯姆斯回答道，"我无法像你们这样开心。你知道，我家里有一位可爱、忠诚的妻子，我从心底深深地爱着她，如果我在这种轻松的游戏中选择一位女伴，即使只是一个晚上，我显然也是在背叛她。对于你们这些未婚的年轻人来说是另一回事，可我已经身为人父了。"年轻人们放声大笑，因为在说到"人父"这个词的时候，埃拉斯姆斯一脸严肃，努力在他年轻、随和的脸上挤出皱纹，这表情恰恰显得十分滑稽。弗里德里希的女伴让人将埃拉斯姆斯说的德语翻译成意大利语，然后她转向埃拉斯姆斯，严肃地看着他，举起手指轻声威胁道："你这个冷酷的、冷漠的德国人！你自己小心吧，你还没见过朱丽叶塔！"

就在这一刻，灌木丛入口处传来窸窣声，一位美丽不可方物的女人从暗夜中走进了明亮的烛光中。她的白色衣裙半掩着胸部、肩膀和脖颈，蓬松的袖子一直垂到手肘，下摆宽大，打着许多皱褶，头发从前额分开，在脑后编成许多小辫子。脖子上戴着金色的项链，手腕上一圈圈绕着手镯，这一身古典华丽的少女服饰，看上去就像鲁本斯或细致的米里斯笔下的女性形象在款款走来。"朱丽叶塔！"女孩们惊讶无比地喊道。朱丽叶塔，她天使般的美貌艳压全场,她用甜美可爱的声音说道:"让我也参加你们美好的庆典吧,英勇的德国小伙子们。我要去那个人那儿,他在你们中间,既不快乐,也没有爱情。"说完她优雅地走向埃拉斯姆斯,在他旁边空着的椅子上坐下,因为他旁边留了一个空位,大家都以为他也会带一个女伴来。女孩们互相窃窃私语:"你们看,你们看,朱丽叶塔今天又是那么美!"小伙子们则说:"埃拉斯姆斯这是怎么了,他赢得了绝世佳人的芳心,却在这嘲笑我们?"

埃拉斯姆斯在第一眼看到朱丽叶塔时,就有一种异样的感觉,他自己也不知道,内心翻涌着什么样的强烈冲动。当她靠近他时,一股莫名的力量攥住他,挤压他的胸膛,让他喘不过气来。当那些小伙子盛赞朱丽叶塔的优雅和美丽时,他坐在那儿,眼睛紧紧地盯着朱丽叶塔,嘴唇僵硬得说不出一句话来。朱丽叶塔端起一个装满酒的高脚杯,站起来,亲切地递给埃拉斯姆斯;他接过酒杯,轻轻擦过朱丽叶塔纤细的手指。他喝了一口,一股热流穿过他的血管。这时,朱丽叶塔开玩笑地问道:"你愿意我做你的女伴吗?"埃拉斯姆斯疯了一样地扑倒在朱丽叶面前,把她的双手放在自己的胸口上,说道:"是的,你就是我的女伴,我一直爱着你,你,我的天使!我在我的梦中见过你,你是我的幸运,我的幸福,我更为美好的生活!"所有人都认为埃拉斯姆斯喝酒上头了,因为他们从来没有见过这样的他，他好像变成了另外一个人。"是的，你，你就是我的命，你在我心中点燃了炽热的火焰。让我沉沦吧——沉沦吧，只在你的心中，只想和你共沉沦。"埃拉斯姆斯大声喊道，但朱丽叶塔温柔地将他拥入怀中；他变得平静了一点，在她的身边坐了下来，很快，大家又开始欢快地调笑、唱歌，被朱丽叶塔和埃拉斯姆斯打断的愉快的爱情游戏又重新开始了。当朱丽叶塔唱歌时，她的歌声仿佛是从内心深处传出的天籁之音，唤起了大家从未有过、只在想象中出现过的快乐。她饱满、美妙、晶莹剔透的嗓音蕴含着神秘的热情，完全掌控了每个人的情绪。每个小伙子都把他的女伴搂得更紧，他们四目相对，眼神更为炽热。就在红色的微光预示着黎明的来临时，朱丽叶塔建议结束庆典。于是庆典结束了。埃拉斯姆斯有心送朱丽叶塔回家，她拒绝了，并向他描述了一番她的住处，这样以后他可以找到这所房子。在小伙子们为了结束庆典而唱起德国轮唱曲之际，朱丽叶塔已经从灌木丛中消失了；人们看到她漫步在两名手持火把的仆人后面，穿过远处的林荫小道。埃拉斯姆斯不敢跟在她后面。小伙子们每个人都搂着各自的女伴，满心欢喜地大步离开了。埃拉斯姆斯心烦意乱，内心被渴望和爱的痛苦撕裂，最终也跟着他们离开了，他的小仆人提着火把在前面给他照亮。在朋友们离开他后，他就这样走着，穿过一条通向他住所的偏僻街道。朝霞已经在空中升得很高,仆人将火把在石板路上磕灭,但在迸溅的火花中,突然在埃拉斯姆斯面前出现了一个奇怪的人物,一个瘦高的男人,鹰钩鼻,眼睛炯炯有神,嘴巴讥讽般地扭曲着,穿着一件火红色外套,上面镶着闪闪发光的金属扣子。他笑了起来,用一种令人不悦的尖锐声音喊道:"哟,哟!您是不是从一本旧画册中爬出来的,穿着您的大衣、您的开衩紧身上衣和带羽毛的贝雷帽。您看起来很潇洒,埃拉斯姆斯先生,但是您想在大街上被人嘲笑吗?还是安安静静地回到您的羊皮卷中吧。"

"我的衣服关您什么事。"埃拉斯姆斯不悦地说道,试图推开那个红衣人,从他身边走过去。

但红衣人在他身后喊道:"好吧,好吧,别这么着急嘛,反正现在您也无法立即去见朱丽叶塔。"

埃拉斯姆斯迅速转身。"您说朱丽叶塔什么?"他一把抓住那个红衣人的胸口,愤怒地喊道。然而,这人像箭一样飞速转身,在埃拉斯姆斯反应过来之前就消失了。埃拉斯姆斯惊愕地立在原地,手里攥着一颗从那个红衣人身上扯下来的金属扣。

"这是神奇博士,达佩尔图托先生;他到底想从您这得到什么呢?"仆人说道,但是埃拉斯姆斯突然感到一阵恐惧,急忙赶回他的房子。

朱丽叶塔以她特有的优雅和友善接待了埃拉斯姆斯。

相对于埃拉斯姆斯燃起的狂热激情，她则表现出一种温和、冷静的态度，只是她的眼睛偶尔会闪烁着光芒。当她有时候用一种非常奇特的目光看向埃拉斯姆斯时，他会感觉到一股轻微的战栗从内心深处传来。她从未告诉他，她爱他，但她与他相处的方式让他清楚地感受到这一点，于是他在这段关系中越陷越深。他开始了一段真正阳光明媚的生活；他的朋友很少见到他，因为朱丽叶塔把他介绍到了其他陌生的社交圈子里。

　　有一次，他遇见了弗里德里希，后者一直不放他离开。当埃拉斯姆斯因为回忆起了自己的故乡和家庭而变得温和柔软时，弗里德里希说道："你知道吗？施皮柯尔，你已经陷入了非常危险的交际中。你肯定已经注意到，美丽的朱丽叶塔是有史以来最狡猾的交际花之一。在她身上流传着各种神秘而奇怪的故事，这些故事让她显得与众不同。只要她愿意，她可以对人施加一种无法抗拒的力量，并将他们束缚在牢不可破的牢笼里。我从你身上也看到了这一点，你完全变了，你全心全意地迷恋着诱人的朱丽叶塔，你也不再想着你亲爱而忠诚的妻子。"听到这里，埃拉斯姆斯用双手捂住了脸，大声啜泣着，喊着他妻子的名字。弗里德里希很清楚，一场艰难的内心斗争开始了。"施皮柯尔，"他继续说道，"我们赶紧离开此地吧。"

　　"是的，弗里德里希，"施皮柯尔激动地喊道，"你说

除夕夜的冒险　　095

得对。我不知道为什么会突然产生如此阴暗可怕的想法，我必须离开，今天就离开。"两个朋友匆匆穿过街道，达佩尔图托先生从他们身前走了过去，冲着埃拉斯姆斯笑了笑，喊道："哎呀，快点吧，快点吧，朱丽叶塔已经在等着了，她心怀期待，眼含热泪。哎，快点，快点！"埃拉斯姆斯有如被闪电击中。

"这个家伙，"弗里德里希说，"这个江湖骗子，我从心底里就讨厌他，他在朱丽叶塔那里进进出出，卖他的神奇精华。"

"什么！"埃拉斯姆斯喊道，"这个可恶的家伙在朱丽叶塔那里，在朱丽叶塔那里？"

"您在哪耽搁了这么久？大伙儿都在等您，难道您一点也没想我吗？"一个温柔的声音从阳台上传下来。那是朱丽叶塔，俩朋友没注意到，他们正站在她的房子前。埃拉斯姆斯一跃就进了屋子。"他这一进去，就再也救不了了。"弗里德里希轻声说，然后悄悄穿过街道离开了。

朱丽叶塔比之前任何时候都更和蔼可亲，她穿着和在花园里时一样的衣服，神采飞扬，散发着十足的美丽和青春的优雅。埃拉斯姆斯把他和弗里德里希所说的一切忘得一干二净，比以往任何时候都更加沉迷，无法抗拒地被无比的幸福和喜悦冲昏头脑，而朱丽叶塔也从未像现在这样毫无保留地让他感受到她内心最真挚的爱意。她似乎只关注他，只为他存在。在朱丽叶塔为夏季租用的别墅里，将举行一场盛会。人们纷至沓来。在场的有一个相貌相当丑陋、行为举止更为粗鄙的意大利年轻人，他向朱丽叶塔大献殷勤，激起了埃拉斯姆斯的嫉妒，他满腔愤怒地远离了其他人，在花园的一条偏僻小径上独自徘徊。朱丽叶塔来找他。"你怎么了？你难道不是完全属于我吗？"说完，她用柔软的手臂环住他，在他的唇上印下一个吻。好像有火光击穿了他，在疯狂的爱火中他紧紧拥抱住心爱的人，大声说道："不，我不会放开你，即使让我在最屈辱的堕落中沉沦！"朱丽叶塔听到这话，诡异地笑了笑，埃拉斯姆斯目光所及，是朱丽叶塔奇怪的眼神，这眼神每次都让埃拉斯姆斯心里发毛。然后他们回到了人群中。那个讨厌的意大利年轻人现在扮演了埃拉斯姆斯的角色；受到嫉妒心驱使，他开始对德国人，尤其是针对施皮柯尔，发表各种尖刻的侮辱性言论。埃拉斯姆斯终于忍无可忍；他快步走向那个意大利人。"住嘴，"他说，"别再卑鄙无耻地挖苦德国人和我，否则我会把您扔进那个池塘，您可以试试游泳。"就在这时，这个意大利人手中露出把匕首，埃拉斯姆斯愤怒地扼住了他的咽喉，将他摔倒在地，又朝他的颈部狠狠踢了一脚，意大利人发出濒死的呼噜声，接着就断了气。众人一拥而上，埃拉斯姆斯瞬间失去了知觉——他感觉自己被抓了，并且被带走。当他醒来时，仿佛是从深度昏迷中醒来一样,他发现自己躺在一个小房间里,在朱丽叶塔的脚边,朱丽叶塔正低着头,双臂环抱着他。"你这个可恶的,可恶的德国人。"她无限亲切温柔地说道,"你让我多害怕啊!我把你从即将发生的危险中拯救出来,但你在佛罗伦萨、在意大利都不安全了。你必须离开,你必须离开如此深爱你的我。"离别的念头让埃拉斯姆斯陷入莫名的痛苦和悲伤中。

"让我留下来吧,"他高喊道,"我宁愿经受死亡的痛苦,难道死亡会比没有你的生活更痛苦吗?"此时,他仿佛听到一个轻柔而遥远的声音在痛苦地呼唤着他的名字。哎呀!这是那位忠诚的德国妻子的声音。埃拉斯姆斯缄默了。

朱丽叶塔用一种很奇怪的方式问道:"你在想你的妻子吗?唉,埃拉斯姆斯,你很快就会忘记我。"

"要是我能永永远远完完全全属于你就好了。"埃拉斯姆斯说。他们正站在一面宽大美丽的镜子前,镜子嵌在小房间的墙上,它的两侧点着明亮的蜡烛。朱丽叶塔更用力更亲密地搂住埃拉斯姆斯,轻声耳语道:"把你的镜像留给我吧,我亲密的爱人,它将永远属于我,永远与我同在。"

"朱丽叶塔,"埃拉斯姆斯大惊失色地喊道,"你是什么意思?我的镜像?"他看着镜子,镜子里映出他和朱丽叶塔甜蜜的拥抱。"你如何保留我的镜影?"他继续说道,"它和我如影随形,映射在每一片清澈的水面上,每一个光滑的表面上。"

"甚至,"朱丽叶塔说,"甚至于这个镜子中映照出来的幻象,你都不愿意给我,你本来不是连自己的身体和生命都想与我融为一体吗?现在就连你那飘忽不定的影像都不愿意留给我,伴我蹉跎这可怜的一生吗?如今,因为你的离去,我的生活将再无乐趣和爱情可言。"热泪从朱丽叶塔美丽深邃的眼睛里滚落。

爱情的致命痛苦使埃拉斯姆斯疯狂地喊道:"我必须离开你吗?如果我必须离开,那么我的镜像将永远属于你,永恒不变。没有任何力量——魔鬼也无法从你这儿夺走它,除非你拥有了我的身体和灵魂。"说这话的时候,朱丽叶塔的吻如火焰在他的嘴唇上燃烧,之后她放开了他,满怀渴望地向镜子伸出双臂。埃拉斯姆斯看到,他镜中的影像如何脱离了他的动作,如何滑入朱丽叶塔的怀抱,并如何与她一起在奇异的香气中消失。各种可怕的声音响起,它们在窃笑,在恶魔的嘲讽中放声大笑;他被极度恐怖的死亡痉挛攫住,失去知觉倒在了地上,但是可怕的恐惧将他从昏迷状态中拽了出来,在越来越浓重的黑暗中,他跌跌撞撞地走到门外,下了楼梯。在房子前面,有人抓住他,把他抬上一辆马车,马车很快就开走了。坐在他旁边的男人用德语说:"同样的事情似乎出现了些变数,然而您若愿意完全听命于我,一切都将会很顺利。朱丽叶塔已经完成了她的工作,并向我推荐了您。您也是一个非常可爱的年轻人,并且出人意料地偏爱令人愉快的玩笑,我们,我和朱丽叶塔小姐,都非常满意。我觉得,那是一脚相当结实的德国式踢脖子。阿莫罗索脸色发青,伸出舌头的样子,看起来真的很滑稽,还有他那样咳嗽、呻吟,一时半会儿走不了,哈——哈——哈。"那个男人充满嘲讽的声音如此令人厌恶,他的胡言乱语听起来如此令人惊恐,如同刀子一样刺进埃拉斯姆斯的胸膛。

"不管您是谁,"埃拉斯姆斯说道,"请您别说了,不要提那令我后悔的可怕行径!"

"后悔,后悔!"这个男人回应道,"那您也后悔遇见了朱丽叶塔,并且得到了她甜蜜的爱吗?"

"哎,朱丽叶塔,朱丽叶塔!"埃拉斯姆斯叹息道。

"好吧,"男人继续说道,"所以您现在很幼稚,您什么都希望,什么都想要,还要一切都顺利。虽然您不得不离开朱丽叶塔,这让您痛苦不堪,但是如果您还想留在这里,我或许可以让您摆脱所有追捕者以及亲爱的司法机构的明枪暗箭。"能够留在朱丽叶塔身边的想法牢牢抓住了埃拉斯姆斯。"这怎么才能办到呢?"他问道。

"我知道,"这个男人继续说道,"一种混淆视听的手段，可以蒙蔽您的追捕者，简而言之，就是您总是以不同的面孔出现在他们面前，这样他们就再也认不出你了。等天一亮，您就可以放心地长久仔细地照任何一面镜子了，我会对您的镜像进行一定的操作，不会对它造成丝毫损伤，然后您就安全了，您就可以毫无顾虑地和朱丽叶塔幸福快乐地生活在一起了。"

"太可怕了，太可怕了！"埃拉斯姆斯惊呼道。

"这有什么可怕的，我最尊贵的先生？"男人轻蔑地问道。

"哎呀，我——把，我——把，"埃拉斯姆斯刚一开口，男人立刻打断他说："您的镜像给留下了。"留在了朱丽叶塔那里？——哈，哈，哈！干得漂亮，我最亲爱的先生！现在您可以跑过田野和森林，穿过城镇和村庄，直到您找到您的妻子和小拉斯姆斯，然后再次成为人父，尽管没有镜中影像，您的妻子对于这点可能也不是很看重，因为她拥有您的身体，而朱丽叶塔永远只能拥有您光芒闪耀的镜像。"

"住嘴，你这个可怕的人！"埃拉斯姆斯喊道。就在这时，一支欢快歌唱的队伍走近了，人们手持着火把，火把的光辉照亮了马车。埃拉斯姆斯看向他同行人的脸，认出了丑陋的达佩尔图托博士。他一跃而下跳出车厢，朝队伍跑去，因为他已经听出了远处弗里德里希浑厚的男低音。

朋友们正从一个乡间宴会返回。埃拉斯姆斯迅速把发生的一切都告诉了弗里德里希，只隐瞒了他镜像丢失的事情。弗里德里希与他一起匆匆赶往城里，一切必要事宜都安排得很快，以至于黎明时分，埃拉斯姆斯已经骑着一匹快马远离了佛罗伦萨。施皮柯尔写下了他在旅途中经历的许多奇遇。最值得注意的是一起意外，这让他第一次对自己丢失镜影这件事感觉到了异样。因为他的马疲惫不堪，需要休息，正好到了一座大城市，他就稍作停留，毫无防备地在人满为患的酒馆长桌旁坐了下来，也没注意到对面挂着一面美丽清晰的镜子。一名居心不良的服务员，站在他的椅子后面，注意到镜子里对面的椅子上是空的，没有映照出坐在上面的人的影像。他把自己的这一发现告诉了埃拉斯姆斯的邻座，埃拉斯姆斯的邻座又转告给了他旁边的人，整个长条桌的人开始窃窃私语，人们看看埃拉斯姆斯，然后又看看镜子。埃拉斯姆斯还没有察觉到这一切和自己有关，这时一位严肃的男士站起来，领着埃拉斯姆斯走到镜子前，往镜子里看了一眼，然后转向大家大声喊道："是真的，他没有镜像！""他没有镜像！他没有镜像！"大家七嘴八舌地叫了起来，"一个坏蛋，一个恶棍，把他扔出去！"埃拉斯姆斯充满愤怒和羞愧，逃回了他的房间；然而他刚一回到那里，警察就通知他，必须在一小时内带着他完整的、和本人完全相同的镜像一起出现在当局面前,否则就必须离开这个城市。他匆匆离开,被游手好闲的乌合之众、街头孩童追赶着,他们在他身后高喊道:"他骑马跑了,这就是出卖自己镜像给魔鬼的人,他骑马跑了!"终于,他逃到了空旷的地方。现在,无论他走到哪里,都会以天生讨厌任何反光为借口,让人赶紧把所有镜子都遮起来,因此,人们都嘲笑地称呼他苏沃洛夫将军(那人也做了同样的事情)。

当他回到家乡,抵达他的家时,他亲爱的妻子带着小拉斯姆斯高兴地迎接了他,很快他就觉得,在安静祥和的家庭生活中,镜像的缺失似乎无需挂怀。一天,已经把美丽的朱丽叶塔完全抛诸脑后的施皮柯尔正在和小拉斯姆斯玩耍;小拉斯姆斯的手上沾满了炉子的煤灰,并且往爸爸脸上抹去。"哎,爸爸,爸爸,看我是怎么把你变黑的,快看看!"小拉斯姆斯叫道。施皮柯尔还没来得及阻止,他就拿来了一面镜子,举到父亲面前,同时自己也往镜子里看。但是他立刻哭着丢下镜子,飞快地跑出了房间。不久,妻子走了进来,一脸惊愕和害怕的表情。"拉斯姆斯,告诉我关于你的事!"她说。

"他说我没有镜像,是吗,亲爱的?"施皮柯尔强颜欢笑着接了话,并尽力想证明,虽然相信一个人可能会失去自己的镜像是荒谬的,但也并不是什么大不了的事,因为每个镜像都只是一种幻象,自我观察会导致虚荣,而且这样一个影像会割裂真实的和幻想的自我。正说着,他的妻子迅速拉下客厅一面被遮住的镜子上的布。她往镜子里一看,仿佛被闪电击中,瘫倒在地。施皮柯尔把她搀扶起来,但他妻子一恢复意识就厌恶地把他推开了。"放开我,"她尖叫道,"放开我,可怕的人!你不是他,你不是我的丈夫,不——你是一个地狱里的幽灵,想要夺走我的幸福,想要毁了我。走开,从我身边离开,你控制不了我,该死的!"她的声音尖锐地响彻整个房间,穿过大厅,引得家中众人惊慌失措地跑过来。恼怒又绝望的埃拉斯姆斯冲出家门。仿佛被疯狂的愤怒驱使着,他一阵狂奔穿过了城市公园里那些荒无人烟的小径。这时,朱丽叶塔天使般美丽的身影浮现在他面前,他大声呼喊道:"朱丽叶塔,你是在报复我吗?因为我离开了你,只给你留下了我的镜像,而不是我自己。啊,朱丽叶塔,我愿意全部身心地属于你,她把我赶了出来,她,我为了你而牺牲的人。朱丽叶塔,朱丽叶塔,我愿意属于你,包括我的身体、生命和灵魂。"

"这您完全可以做到,我最尊贵的先生。"达佩尔图托先生说。他突然出现在拉斯姆斯身旁,身着一件带有闪闪发光的金属扣的绯红色外套。对于不幸的埃拉斯姆斯来说,这算是安慰的话,所以他没有理会达佩尔图托那张恶毒丑陋的脸,他停下脚步,用颇为可怜的语气问道:"我该如何重新找回她,我可能永远失去了她!"

"绝非如此,"达佩尔图托回答道,"她离这里不远,并且极其渴望得到您宝贵的本人,尊敬的先生,正如您所明白的,镜像只是一种低劣的幻象。一旦她确信了解您自身的价值,也就是说您的身体、生命和灵魂,她会无比感激地将您可爱的镜像完好无损地归还给您。"

"带我去她那儿,去她那儿!"埃拉斯姆斯喊道,"她在哪儿?"

"还需要做一件小事。"达佩尔图托打断他说道,"在您见到朱丽叶塔并完全臣服于她,以此换取镜像之前。您尊贵的人格还无法被这样彻底支配,因为您被某些纽带所束缚,这些束缚必须先解除掉。那就是您亲爱的妻子以及那个前途无量的小儿子。"

"这是什么意思?"埃拉斯姆斯厉声问道。

"切断这些无足轻重的纽带。"达佩尔图托继续说道,"可以以非常简单,非常人道的办法实现。您从佛罗伦萨就知道,我擅长配制神奇的药物,这会儿我手头就有一个家庭常备药。只要几滴这个药,那些阻碍您和可爱的朱丽叶塔的人,他们就会毫无痛苦、无声无息地倒下。虽然人们称之为死亡,死亡应该是苦涩的;但苦杏仁的味道难道不美妙吗?只有这个小瓶子封存的死亡,才带来这种苦涩的味道。在愉快地倒下后,亲爱的家人们将散发出苦杏仁的宜人气味。您拿上它,最尊敬的先生。"他递给了埃拉斯姆斯一个梨形玻璃瓶①。

"可怕的人,"埃拉斯姆斯高喊,"难道我得毒死我的妻儿吗?"

"谁说这是毒药了?"红衣人接话道,"玻璃瓶里只是装着一种美味的家庭常备药。我可以提供其他方法来为您争取自由,但我想通过您自己,完全自然、完全人道地达到这一目的,这才是我所钟爱的方式。您就放心拿着吧,我的朋友!"埃拉斯姆斯自己也不知道,玻璃瓶怎么就到了自己手上。他大脑一片空白地跑回家,来到自己的房间。妻子在千万般的恐惧和折磨中度过了一整夜,她坚持声称,回来的那个人不是她的丈夫,而是一个地狱幽灵,化身成了她丈夫的模样。施皮柯尔一进屋,所有人都胆怯地后退,只有小拉斯姆斯敢靠近他,稚嫩地问他为什么没有带回他的镜像,这样的话母亲会伤心欲绝的。埃拉斯姆斯直勾勾地盯着自己的儿子,手里还攥着达佩尔图托的玻璃瓶。小拉斯姆斯胳膊上落着他最喜爱的鸽子,碰巧它用嘴靠近玻璃瓶,啄了一下瓶塞;它的脑袋立刻就耷拉下来,鸽子死了。埃拉斯姆斯吓得跳了起来。"叛徒,"他喊道,"你不应该引诱我去做这种下地狱的勾当!"他把玻璃

---

① 达佩尔图托的小瓶中肯定盛有精馏的樱桃月桂水,即氰化氢。饮用极少量此水(少于一盎司)就会产生所描述的效果。霍恩的《医学经验档案》,1813年5月至12月,第510页。

瓶从敞开的窗户扔出去,掉在院子里的石板上,碎成了千百块。一股好闻的杏仁味弥漫开来,直达房间。小拉斯姆斯吓得跑开了。施皮柯尔在千般煎熬中度过了一整天,直到午夜降临。在他的内心深处,朱丽叶塔的形象变得越来越鲜活。有一次,她脖子上的一根项链在他面前断了。项链是用那种红色小浆果串起来的,女人们把它当作珍珠一样佩戴。他捡起浆果,迅速藏起了一颗,并忠心耿耿地保存着,因为它曾经挂在过朱丽叶塔的脖子上。现在他掏出了它,呆呆地看着,意识和心思都在失去的爱人身上。就在这时,仿佛从珠子中散发出了那种平常环绕在朱丽叶塔周围的神奇香气。"哦,朱丽叶塔,只要再见你一次,之后就让我在堕落和耻辱中毁灭吧。"他话音还未落,门前的通道上便传来一阵轻微的窸窣声。他听到了脚步声——有人在敲房门。埃拉斯姆斯屏住了呼吸,既感到害怕又满怀期待。他打开了门。高贵美丽的朱丽叶塔优雅地走了进来。他被爱和欲望冲昏了头,将她拥入怀中。

"现在我来了,我的爱人,"她轻声细语地说道,"但是你看,我多么忠诚地保存着你的镜影!"她扯下镜子上蒙的布,埃拉斯姆斯惊讶地看到了他的影像,和朱丽叶塔相互依偎;却脱离他独立存在,不论他怎么移动,镜子都没有映照出来。埃拉斯姆斯不寒而栗。

"朱丽叶塔,"他喊道,"我会因为爱你而变得疯狂吗?

给我镜中影像,把我整个人都拿去吧,身体、生命和灵魂一起。"

"我们之间还有一些事情,亲爱的埃拉斯姆斯,"朱丽叶塔说,"你知道的——达佩尔图托没有告诉你吗……"

"上帝啊,朱丽叶塔,"埃拉斯姆斯打断她说道,"如果只有这种方式我才能拥有你,那我宁愿去死。"

"达佩尔图托也绝不应该,"朱利叶塔继续说,"唆使你去做这样的事。当然糟糕的是,誓言和神父的祝福确实起到很大的作用,但你必须从制约你的束缚中解脱出来,否则你永远不会完全属于我,对此有另一种更好的方法,比达佩尔图托的建议更好。"

"那是什么?"埃拉斯姆斯激动地问道。

朱丽叶塔伸出胳膊搂住他的脖子,将头靠在他胸前,轻声低语道:"你在一张小纸片上写下你的名字埃拉斯姆斯·施皮柯尔,再写下这几句话:'我将我的妻子和我的孩子交给我的好朋友达佩尔图托,他可以随意处置他们,并且解除制约我的束缚,因为从现在开始,我的身体连同我不朽的灵魂将一起属于朱丽叶塔,我选择她作为我的妻子,通过这特殊的誓言与她永远命运相连。'"

这不禁让埃拉斯姆斯胆战心惊、全身发抖。炽热的吻灼烧着他的唇,他手中拿着朱丽叶塔递给他的小纸片。突然,巨大的达佩尔图托站到了朱丽叶塔的身后,递给他一支金属笔。就在那一刻，埃拉斯姆斯的左手的一条静脉破裂，鲜血喷涌而出。

"蘸一下，蘸一下——快写，快写。"红衣人声音嘶哑地催促道。

"写吧，写吧，我永远的唯一爱人。"朱丽叶塔轻声说道。他已经用血浸润了鹅毛笔，准备写下去。这时门开了，一个白色的身影走了进来，幽灵般的目光盯着埃拉斯姆斯，痛苦而低沉地喊道："埃拉斯姆斯，埃拉斯姆斯，你要做什么——看在救世主的分上，别做这可怕的事情！"埃拉斯姆斯认出那个发出警示的身影是他的妻子，于是把纸片和笔扔得远远的。火光从朱丽叶塔的眼睛中喷射出来，她的脸扭曲得可怕，她的身体在燃烧。

"离我远点，地狱的恶棍，你不配分享我的灵魂。以救世主之名，离我远点，毒蛇——地狱之火在你身上燃烧。"埃拉斯姆斯这样高喊，双手握紧成拳，将依然抱着他的朱丽叶塔使劲推开。此时，屋内传来刀割般刺耳的尖叫哀嚎，如同充斥着展翅扑棱的鸦群，黑暗又嘈杂。朱丽叶塔和达佩尔图托在恶臭的浓烟中消失了，那烟仿佛从墙壁中冒出来，将灯也熄灭了。破晓的晨光终于透过窗户照了进来。埃拉斯姆斯立即去找他的妻子。他找到她时，她一副和善、温柔的模样。小拉斯姆斯已经神清气爽地坐在他们的床上；她向她疲惫的丈夫伸出手，说道："现如今

除夕夜的冒险　109

我已经知道你在意大利遭遇的一切不幸,我由衷地同情你。敌人的力量很大,和他的种种罪恶一样,他也经常偷窃,并且无法抗拒他自己的欲望,手段恶劣地夺走了与你完全相同的美丽镜像。亲爱的,善良的人,你看看那边的镜子!"施皮柯尔照做了,浑身颤抖着,一脸可怜兮兮的样子。镜子依然干净明亮,没有映出埃拉斯姆斯·施皮柯尔的影像。"这一次,"妻子继续说道,"幸好镜子没有照出你的影子,因为你看起来很傻,亲爱的埃拉斯姆斯。不过你应该明白,没有镜像的你会成为人们的笑柄,无法成为一个受尊重的一家之父,无法赢得妻儿的尊重。小拉斯姆斯也已经开始嘲笑你,下次他会用炭笔给你画胡子,因为你发现不了。所以继续到世界各地闯荡一阵吧,找机会从魔鬼那儿夺回你的镜像。如果你重新拥有了它,我会热情地欢迎你。吻我吧,(施皮柯尔照做了),现在——旅途愉快!然后给小拉斯姆斯寄几条崭新的小裤子,因为他经常滑倒,摔破膝盖,需要很多裤子。但如果你去纽伦堡,就给他加上一个彩色的轻骑兵玩具,和一块姜饼,作为慈父的礼物。保重,亲爱的埃拉斯姆斯!"妻子转身朝向另一边,睡着了。施皮柯尔把小拉斯姆斯抱起来,紧紧地拥抱着他;但他哭得很厉害,于是施皮柯尔又把他放回地上,走向了广阔的世界。他曾经遇到一个叫彼得·施莱米尔的人,他卖掉了自己的影子;他们本想结伴同行,以便埃拉斯姆斯·施皮柯尔可以投下必要的影子,而彼得·施莱米尔则可以反射出相应的镜像;但最终没有成功。

这就是丢失的镜像的故事结局。

旅行狂热爱好者的后记

从那面镜子里到底看见了什么？那真的是我吗？哦，朱丽叶，朱丽叶塔，天使的形象，地狱的幽灵，欢愉和痛苦，渴望和绝望。你看，我亲爱的西奥多·阿玛迪斯·霍夫曼，你看到了，陌生而黑暗的力量经常闯入我的生活，它以最美好的梦诱我入睡，却把各种奇怪的人物塞入我的梦境。满脑子都是除夕夜景象的我几乎要相信，那位司法顾问确实来自德拉甘特，他的茶会就是圣诞或新年的展示会，而那位可爱的朱丽叶则是由伦勃朗或卡洛绘制的那幅诱人心神的肖像美人，不幸的埃拉斯姆斯·施皮柯尔被骗走了与他一模一样的美丽镜像。请原谅我这么认为！

荒　屋
(首版 1817)

人们一致认为，即使是最天马行空的想象力创造出来的东西，也不如生活中的真实现象精彩。"我认为，"莱里奥说，"历史足以证明这一点，这就是为什么所谓的历史小说是如此荒谬和令人厌恶，作者在他无用的头脑中靠贫瘠的想象力酝酿出幼稚文字，却敢于把这种行为和支配宇宙的永恒力量联系在一起。"

"这是，"弗朗茨接过话题，"围绕在我们周围，隐匿于玄妙莫测的奥秘背后的真相。它以强大的力量控制着我们，我们通过这个力量认识到的思想，统治我们的同时又制约我们自己。"

"哎！"莱里奥继续说，"你所说的认识，哦，人类原罪后堕落的最可怕后果，就是我们缺乏这种认识！"

"许多，"弗朗茨打断了他的朋友，"许多人被召唤，很少有人被选中！难道你不认为这种认识如同一种特殊的感知吗？而某些人已经丧失了这种对于生活中出现奇迹的美好预感。为了能够跳出会使人迷失自我的黑暗区域，进入光明的时刻，我打一个不合常理的比方，那些被赋予了预知能力的人，在我看来，他们能够看到美妙的事物，就好像蝙蝠一样。博学的解剖学家斯帕兰扎尼在其中发现了卓绝的第六感,不可思议的是,它不仅无所不能,而且比所有其他感官加起来还要强得多。"

"哎哟,"弗朗茨笑着喊起来,"就算蝙蝠真的是天生的梦游者,但在你以为的幸福时刻,我想就此指出的是,无论是人、行为还是事件,那令人叹服的第六感都能够立刻洞察到每一个现象背后的异常,在我们平常的生活中并没有类似的情况可与之相提并论,因此我们称之为异能。但什么是平常的生活?哦,这就得提到我们转个身都能撞到鼻子的狭小生活圈子,然而人们却依然想尝试在日常的生活节拍下来个直立腾跃①。我认识一个人,他看似拥有我们之前谈论的那种超凡的预知能力。因此,他经常连续几天尾随一些举止、穿着、语气、眼神上多少透着点古怪的陌生人,他漫不经心地谈起一起事件,一个行为,没有人觉得这值得关注和重视,而他在深思熟虑后,会把毫不相关的事物放在一起,幻想出它们之间别人根本想不到的关联。"

莱里奥大声喊道:"都别说了,都别说了,那是我们的西奥多,他似乎有什么特别的想法,因为他用如此奇怪的眼神望着蓝天。"

"确实,"已经沉默许久的西奥多开始说,"确实,我

---

① 马术的经典动作之一,马匹以后肢直立于地面,前肢举在胸前,用两个后肢支撑连续跳跃。

的眼神很奇怪,当时我脑海中浮现出的真正怪诞的事情,是不久前经历的一次冒险的记忆。"

"啊,讲讲,讲讲!"朋友们打断了他。

"我是想跟你们讲讲,"西奥多继续说道,"但首先我必须告诉你,亲爱的莱里奥,你选择的那些用来证明我有预知能力的例子,都很糟糕。你得知道,在艾伯哈特[①]的《同义词词典》中,一切无法通过理性理由解释的认识和欲望的表现,称之为奇异,而奇妙则指那些我们认为不可能、不可理解的,似乎超越了已知自然力量的现象,或者,我再补充一句,违背自然常规的现象。由此可以推断出,你刚才在我所谓的预知能力上,混淆了奇异与奇妙。但可以肯定的是,奇异看似从奇妙中萌芽,生长出花繁叶茂的树枝,只是我们却常常看不到奇妙这个树干。在我想和你们分享的冒险中,奇异和奇妙交织在一起,这在我看来是一种非常糟糕的方式。"说着他从口袋中掏出一个小笔记本,正如他的朋友们所知,他在里面写下了所有旅行的笔记。他不时翻阅这本小书,讲述了以下的事情,这件事情看上去值得进一步的探究。

"你们知道的,"西奥多开始了他的讲述,"我去年整个夏天都在柏林度过。与亲朋好友的欢聚,自由舒适的生活,艺术和科学的多方面刺激都牢牢吸引着我。我从未如

[①] 约翰·奥古斯特·艾伯哈特(1739—1809),德国哲学家。

此快活过，我沉湎在自己往日的爱好中，终日流连于街头巷尾，欣赏张贴的每一张铜版画、每一块告示牌，或者观察遇到的各类人物，并在脑海里给他们中的一些人占卜星象运势。不只是琳琅满目的艺术作品和奢侈品使我着迷，那些气派的建筑也让我难以抗拒。有一条被这种风格的建筑包围着的大道，它通向勃兰登堡门，是那些拥有地位和财富并且享受奢华生活的上等人的聚居地。高大宽敞的宫殿底楼大多在售卖奢侈品，而那些上等人则居住在楼上。这条街上有最豪华的旅店，外国使者们大多住在里面。你们可以这么认为，这里的生活和活动比这个都市的其他任何地方都要特别，也聚集着比实际多得多的人口。蜂拥而至的人群使得一些人只能满足于比他们实际需求更小的房子，而更多的一些家庭则挤在蜂箱一般的住所里。

　　我经常漫步在这条大道上，有一天突然有一栋房子映入我的眼帘，它在一众房屋中显得格外奇特怪异，引起了我的注意。你们想象一下，一栋低矮的建筑，四扇窗户那么宽，被两栋高大漂亮的建筑夹在中间，底楼以上的楼层只比它相邻房子的一楼窗户突出一点，屋顶破旧不堪，部分窗户用纸糊着，墙壁褪色苍白，处处都透露出屋主对它的毫不在意。你们想，怎么会有这么一所房子，在这些华丽气派的建筑里显得如此格格不入。我停下脚步仔细观察，发现这所房子所有的窗户都被紧紧地关上了，一楼窗

繁华大街上的荒屋

你们想象一下，一栋低矮的建筑，四扇窗户那么宽，被两栋高大漂亮的建筑夹在中间，底楼以上的楼层只比它相邻房子的一楼窗户突出一点，屋顶破旧不堪，部分窗户用纸糊着，墙壁褪色苍白，处处都透露出屋主对它的毫不在意。

户的前面似乎竖着一堵墙，通常挂在门旁作为房门标志的铃铛不见了，而且门口也没发现任何地方有锁或者把手。我确信这所房子无人居住，因为无论我何时经过这所房子，都未曾感知到房子里存在生命的气息。一所荒凉的屋子，在这个城市的这个地区！这是个奇怪的现象，但或许只是源于自然而简单的理由，那就是房主正在进行一场漫长的旅行，或者居住在遥远的庄园里，因此既不愿出租也不愿出售这片地产，以便在回到柏林时能够立刻有地方安顿下来。可是我自己也不清楚，为何每次经过这所荒屋我会如此沉迷，脑海里满是奇思怪想，挥之不去。你们知道的，我在愉快的青年时代就结识的铁杆哥们，你们知道我一直是个通灵者，这个美妙世界的灵异现象也总是闯进我的生活，而你们都想当然地拒绝相信这些。现在，收起你们机敏狡猾的表情吧，我承认我有时候会产生误解，这栋荒凉的房子似乎也会是同样的情况，但是，最终的结论会彻底颠覆你们的认知，听仔细了！言归正传！

有一天，正是适合在大街上闲逛的氛围，我像往常一样站在荒凉的房子前若有所思。突然，我眼角的余光发现有人站在旁边看着我。是P.伯爵，他已经多方透露自己与我志趣相投，我立刻意识到他肯定也看出了这所房子的神秘之处。更让我印象深刻的是，当我说起这栋荒凉的建筑在这座都城最热闹的地方，因此给我留下奇怪的印象时，他脸带讥讽的微笑，但很快一切就都得到了解释。

P.伯爵比我走得更远，他从一些评论、推断中找到了和这所房子相关的情况，而这个情况引出了一个非常奇怪的故事，只有诗人最生动的想象力才能使它如此栩栩如生。我最好在我还清楚记得的时候，把伯爵的故事告诉你们。我对我亲身经历的这件事感到无比兴奋，我必须毫不间断地继续讲下去。

当这位亲爱的伯爵探查清楚这个故事后，他大失所望。他得知这所废弃的房子不过是甜品店的面包烘焙房而已，紧邻着它的就是布置华丽的甜品店。因此，装有烤箱的一楼窗户被围了起来，楼上用于存放烘焙食品的房间则装了厚厚的窗帘用来防光防虫。当伯爵告诉我这件事时，我和他一样都好似被当头浇了冷水，或者至少像正做着美梦，却被对一切诗意的事物都充满敌意的魔鬼敏感而痛苦地堵住了鼻子。抛开这些乏善可陈的解释，我还是忍不住想多看一眼这间荒凉的屋子，哪怕四肢颤抖，也想去窥探锁在里面的一切奇怪的东西。我完全无法习惯甜点、杏仁糖、糖果、蛋糕、果酱等这样的设定。一连串奇怪的想法让这一切看起来像在甜蜜地安抚劝说着我，大概在说：'别惊慌，亲爱的！我们都是可爱甜美的小孩子，但雷声即将来临。'然后我又想：'你难道不是一个真正疯狂的傻瓜吗，企图化平凡为神奇？你的朋友们难道不会斥责你是一

个异想天开的通灵者吗?'

这所房子,正如它所谓的用途也不可能有所改变一样,一直保持原样,我的目光已经习惯了这一切,那些看似齐整地映在墙壁上的巨大阴影逐渐消失了。一场巧合,唤醒了沉睡的一切。尽管我已经尽我所能地让自己融入日常生活,但我并没有忘记关注这栋神话般的房子,我虔诚地、骑士般地忠于奇妙的事物,你们可以从我的性情中看出这一点。

于是有一天的正午时分,我像往常一样漫步在大街上,不经意地把目光投向了荒屋那拉着窗帘的窗户,然后我注意到靠近甜品店的最后一扇窗户的窗帘动了起来,一只手,一只手臂出现了。我掏出我的歌剧望远镜,清楚地看到了一只白得耀眼、优美的纤纤玉手,小指上的宝石闪烁着不同寻常的光彩,一只华丽的手镯在圆润的手臂上闪闪发光,美艳无比。这只手将一只奇形怪状的高大水晶瓶放在窗台上,消失在帘子后。我呆立着,一种忧虑又愉悦的怪异感觉伴随着电流带来的酥麻穿过我的内心,我目不转睛地仰望那扇带着致命吸引力的窗户,不自禁地从胸膛里溢出一声渴望的叹息。我终于清醒过来,发现自己被各行各业的人包围着,他们和我一样,一脸好奇地抬头凝望。这让我有些恼火,但随即想到,任何都城的民众,都和聚集在屋前的这些人一样爱凑热闹,即使只是看到一顶从六楼掉下来的完好无损的睡帽,他们都能惊奇许久。

我悄悄地溜走了,无聊乏味的魔鬼在我耳边窃窃私语:那个富有的礼拜天盛装打扮的甜品店女人,刚刚把一个上等玫瑰水的空瓶放在窗台上。实属罕见!我突然灵机一动,转身径直走进荒屋隔壁那间亮堂的甜品店。我呼出清凉的一口气吹散了热巧克力上面的泡沫,看似漫不经心地攀谈起来:'事实上,您扩大了经营规模,这相当不错。'甜点师迅速地倒了一些彩色的糖果在锥形糖果袋里,这对于前来购买糖果的可爱小女孩来说已经足够了。他俯身伸展双臂越过柜台递过去,然后带着微笑和疑惑的表情看着我,好像他根本不理解我的意思。我重复说,他把烘焙间放在隔壁的房子,是非常合适的,尽管这座屋子因此变得荒凉,和这一排其他热闹的建筑物相比显得阴郁而悲凉。

'哦,天啊!'甜点师开始说,'谁告诉您隔壁的房子是我们的?我们是想盘下它,但遗憾的是,每次尝试都无功而返,这样的结果也许更好,因为隔壁的屋子有一些独特的状况。'你们,我忠实的朋友们,可以想象我听到甜品店主的回答是多么激动,以及我是多么热切地恳求他多给我讲讲关于这所房子的事情。

"好的,先生!"他说,'这房子具体哪里特别,我也不清楚,但可以肯定的是,这所房子属于S.女伯爵,她靠她的祖产生活,已经很多年不在柏林了。据我所知,这条街道上的宏伟建筑还不存在的时候,这屋子就已经在那儿,屋子的结构也没有任何改变,只是勉强支撑不至于坍塌而已。只有两个活物住在里面,一位极其年迈、厌恶世人的管家和一条时不时在后院对着月亮嚎叫的阴沉、厌世的狗。按照一般的传说,荒楼会闹鬼。我和我兄弟(店主)的确在夜深人静的时候,尤其是圣诞节期间忙于店里生意的时候,经常听到隔壁屋子的墙里传出古怪的哀号,然后开始有刺耳的刮擦声和隆隆作响的声音,我俩都觉得毛骨悚然。就在不久前,夜间还能听到一种我根本无法向您描述的古怪歌声。我们听到的显然是一位老妇人的声音,但她的音调高亢清晰,在丰富多变的韵律和长而尖锐的颤音中,她的音调起得如此之高,就算我在意大利、法国和德国认识这么多女歌手,也从未听过这样的。我感觉歌词好像是法语,但我无法准确地辨别,并且我无法长时间聆听这疯狂而鬼魅的歌声,因为这歌声让我汗毛直立。有时,街上的喧闹声渐渐平息,我们也能听到里屋有深深的叹息声,还有好像从地板下面传来的沉闷笑声,但如果你把耳朵贴在墙上,很快就会听出来这些叹息和笑声其实也都是从隔壁屋子传来的。您注意一下(他带我进入后面的房间并指向窗外),你注意一下那根突出墙面的铁管,有时甚至在根本没开暖气的夏天,它也冒着浓烟,害我兄

荒 屋(首版1817) 125

弟经常和老管家因为失火的危险隐患而争吵，但他为自己辩解说他在做饭，但是天知道他喜欢吃什么，因为在那根管子冒浓烟的时候，常常会弥散出一股古怪又奇特的气味。'

商店的玻璃门嘎地响了一声，甜点师赶紧走进柜台，对着进来的人点点头，然后给了我一个意味深长的眼神。我立刻明白了，这个古怪的人物会不会就是神秘屋子的管家？想象一下，一个瘦小的男人，脸色像木乃伊一样，尖鼻子，紧闭的双唇，泛着绿光的猫眼，一成不变的令人心悸的微笑，老派地戴着厚重的假发，满头黏糊糊的小卷，头发上还扑了很多粉，宽大的假发套，一身爱情邮递员[①]的打扮。他身着仔细刷洗过的咖棕色拉绒旧外套，灰色长袜，脚上是一双带石头搭扣的钝头大鞋。试想一下，这个瘦小的身体却体型健硕，尤其是超大的拳头和修长有力的手指，他大步向柜台走去，然后一直笑眯眯地盯着水晶杯里的糖果，无力哀怨的声音带着哭腔，说道：'一些酸橙酱，一些马卡龙，一些糖栗子……'你们想想，自己判断一下是否有理由怀疑事有蹊跷。甜点师找齐了老人要的所有东西。

'称重，称重，尊敬的邻居先生。'这个奇怪的男人哀求到，他唉声叹气又气喘吁吁地从口袋里掏出一个小皮

[①] 源于18世纪的法国，指在爱人之间传递情书的人。

袋，费劲地在里面找钱。当他把钱放在柜台上清点时，我注意到这些钱由各种老旧硬币组成，其中一些硬币已经不再流通。他一脸愁苦地喃喃道：'甜甜的，甜甜的，现在一切都应该是甜甜的，看在我的份上甜甜的；撒旦在他新娘的嘴上涂上蜂蜜——纯蜂蜜。'

甜点师笑着看了我一眼，然后对老人说：'你看起来不太舒服，是的，是的，上了年纪，上了年纪，力气也会越来越小。'

老人神色未变，扬声喊道：'上年纪？上年纪？力气减弱？虚弱、垂死！嘿嘿，嘿嘿，嘿嘿！'说着说着，他握紧双拳，拳头的关节咯咯作响。他又高高跃起，双脚在空中也同样猛地并拢，整个店都隆隆作响，所有的玻璃杯叮叮当当一阵乱颤。可就在这时，传来一声惨叫，老人一脚踢到了那条黑狗，黑狗悄无声息地跟在他后面，紧挨着他的脚趴在地上。

'邪恶的野兽，撒旦的地狱之犬！'老头用之前的语气轻声抱怨着，他打开袋子，喂给狗一个大马卡龙。发出人声一样哀嚎的狗顿时安静了，坐在它的后腿上，像松鼠一样啃起了马卡龙。狗吃它的马卡龙，老人关上并收起他的袋子，两者在同一时间结束。

'晚安，尊敬的邻居先生。'他说着，向甜点师伸出手，甜点师被他握得疼得叫了起来。'这位虚弱的老人祝您晚安，亲爱的甜品店邻居。'他又重复了一遍，然后大步迈出了商店，那条黑狗用舌头舔掉了嘴边的马卡龙碎屑，跟在他身后。老人似乎根本没有注意到我，我站在原地呆若木鸡。

'您看看，'甜点师说道，'您看看，这个奇怪的老人就是这样时不时地来我们这儿，四个星期至少有两三次，但是从他嘴里套不出任何其他信息，除了他曾经是S.伯爵的贴身男仆，现在管理着这栋房子，每天（多年以来）都在期盼着S.伯爵一家回来以外。这也是这屋子不能出租的原因。有一次我兄弟因为晚上的怪声和他起了冲突，但他很平静地说：'是的！人们都说这所房子闹鬼，但不要相信，这不是真的。'到了这家店开门做生意的时候，门开了，优雅的人群涌入，我不能再继续问了。

现在可以肯定的是，P.伯爵关于房子的所有权和使用情况的信息是假的，老管家尽管否认，但他并没有独自居住，而且那里肯定有一些不为人知的秘密。难道我不该将这个古怪、恐怖歌声的故事与窗边出现的美丽手臂联系在一起吗？那手臂不是以坐着的姿势放着，也不属于一个干瘪的老妇人，这歌声，按照甜点师的描述，不会是从一个年轻的花季少女的喉咙里发出来的。如果选择按照手臂的特征来判断，我可以轻易地说服自己，也许只是一种听觉上的错觉使得声音听起来苍老而尖锐，而且也许只是被吓破了胆的甜点师幻听出了这样的声音。这时我又联想到了烟雾，古怪的气味，我看到的奇形怪状的水晶瓶，很快，一个美丽却深陷魔咒泥淖的人物形象，在我眼前鲜活起来。这个老家伙在我这俨然成了危险的巫师，该死的巫师，他也许已经完全脱离了S.伯爵家族，如今独自在这荒宅里驱使些不祥之物。

我的想象力在发挥作用，那天晚上，在梦中，在熟睡的呓语时，我清楚地看到了手指上戴着闪闪发光的钻石的手，以及戴着光彩夺目的手镯的胳膊。一张有着一双悲伤而恳切的蓝色眼眸的迷人脸庞，从一层好似灰色的薄雾中逐渐清晰，紧接着一个如花少女的曼妙身材也显现出来。我很快意识到，我以为的雾气的其实是那个女孩手里拿的水晶瓶中杂乱无章、不停旋转升腾的细小蒸汽。

'啊，多么迷人的魔幻景象。'我满心欢喜地喊道，'啊，美丽的幻象，告诉我你在哪里，是什么囚禁了你？啊，你看我的眼神是多么地悲伤和充满爱意！我知道囚禁你的是黑暗的魔咒，你不幸沦为恶魔的奴隶，他身着咖啡色外套，戴着发套在糖果店游荡，想用强劲的跳跃毁掉一切，他用马卡龙喂养那些地狱之犬，在它们用5/8的节奏哀嚎出撒旦的穆尔基①后又脚踢它们。啊，我什么都知道，你这迷人、优雅的人儿！钻石映射内心的炽热！哦，如果

---

①印度古典音乐中的短音或逆波音，是一种快速而精致的装饰音。

你没有用你的心血浸润它,它怎么会如此闪耀,伴随着凡人从未听过的天籁之音,折射出绚丽多彩的光芒。但我很清楚,环绕你手臂的手镯是一条枷锁的一环,那个一身咖啡棕色的男人说它具有魔力——不要相信,可人儿!我看到它是如何悬挂在燃烧着蓝色火焰的曲颈甑中的。我推倒它,你就自由了!可人儿,我不是无所不知吗,我不是无所不知吗?那么现在,少女!现在张开你玫瑰般的嘴唇,说……'

就在这一刻,一只骨节分明的拳头越过我的肩膀挥向水晶瓶,水晶瓶碎成千万块,散落在空气中。随着一声沉闷的哀叹,这个曼妙的身影消失在了漆黑的夜色中。哈!从你们的微笑中我感觉出来,你们觉得我又是一个在做白日梦的通灵者,但是如果你们非要说这是个梦,我可以向你们保证,这一整个梦具备完美无缺的幻象的特征。但既然你们一直以一副平静无波、不足为信的样子对着我微笑,那我也不想对此多说什么了,还是赶紧往下讲吧。

天还没亮,我就满怀忐忑和憧憬,跑到那条大道上,站在了那栋荒屋的前面!除了里层的窗帘,窗户还被拉上了厚厚的百叶窗。街上依旧空无一人,我贴近一楼的窗户听了又听,然而一点声音也听不到,屋里悄无声息,仿佛是深深的坟墓。天亮了,街上热闹起来,我不得不离开。为避免你们厌烦我就不具体说,我是如何在房子附近终日徘徊，一连多日却一无所获，所有的询问、所有的探索都无功而返，最后我幻象中的美丽图像也开始消散。

终于，一天傍晚，我散步归家，来到荒凉的房子前，发现大门半开着；我走上前去，那个一身咖色的管家在向外张望。我暗下决心，走向他。'枢密院财务委员宾德不是住在这所房子里吗？'我一边问那个年迈的管家，一边推着他差不多退到了灯光昏暗的前厅。

老人皮笑肉不笑地看着我，拖长声音轻轻说道：'他不住在这里，从来没有住过这里，以后也不会住在这里，也不住在这条大道上的任何地方。但是人们说这所房子闹鬼，不过我可以向你保证这不是真的，它是一栋安静、漂亮的房子，明天仁慈的冯·S.伯爵夫人会搬来住，晚安，我亲爱的先生！'说着老人把我带出了屋子，并在我身后锁上了大门。我听到他喘着粗气咳嗽，拿着那串叮当作响的钥匙穿过走廊，然后从我感觉是台阶的地方走了下去。在这么短的时间里，我注意到不少情况，走廊上挂着旧的彩色墙纸，大厅里摆着用红色锦缎装饰的大扶手椅，看起来相当诡异。

现在，仿佛被我闯入神秘屋子所唤醒一般，冒险开始了！设想一下，第二天中午，我走在大街上，眼睛不由自主地转向远处那所荒凉的房子，我看到顶楼最后一扇窗户有什么东西在闪闪发光。走近一点，我注意到外层窗帘完全被拉了起来，内层窗帘半拉着，钻石在闪闪发光。天啊！靠在那条手臂上，出现在我幻象中的那张脸忧郁恳切地看着我。但是在人来人往的大街上站着不动，这可能吗？就在这时，一条长凳映入了我的眼帘，这条长凳对于喜欢在通往荒屋方向的大道上散步的人正合适，尽管坐在长凳上就会背对着屋子。我迅速跳上大道，靠在长椅的椅背上，现在可以不受干扰地一直看这扇宿命般的窗户了。是的！是她，是那个优美动人、风姿绰约的姑娘，非常清晰！只是她的眼神显得有些不确定。她没有像以前那样看着我，她的眼睛死一般地僵直不动，要不是她的胳膊和手时不时地动一下，保准让人误以为这是一幅栩栩如生的画像。我全神贯注于窗台边这个奇妙的存在，内心深处有种莫名的兴奋，连意大利小贩的叽咕声都没有听到，他可能已经不停地向我推销他的商品很长一段时间了。最终他拉住了我的胳膊；我迅速转身，相当严厉和愤怒地回绝了他。但他并没有停止对我的恳求和折磨，他今天还一个子儿都没挣到，我也只愿意从他那里买几支钢笔和一小把牙签。我把手伸进口袋掏钱包，迫不及待地想尽快摆脱这个烦人的男人。

他说：'我这里也有好东西！'他抽出箱子底部的抽屉，从抽屉里的其他镜片下面拿出一面小巧袖珍的圆形镜子，从旁递到我的眼前。我看到了我身后那所荒凉的房子、它的窗户，我看到了我幻象中迷人的天使，最微小的细节都清晰可辨。我迅速地买下了这面小镜子，现在我可以以舒适的姿势看着这扇窗户，还不会引起邻居的注意。然而当我越来越久地注视窗边的那张脸，我逐渐被一种完全无法形容的古怪感觉笼罩，我几乎想称之为清醒梦。在我看来，我犯了一种全身僵硬症，它不仅让我的身体无法动弹，还深深锁住了我的眼睛，我现在再也无法将目光从镜子上移开。虽然羞于启齿，但我必须承认，我想起小时候，每当我傍晚一心想站在父亲房间的大镜子前照照时，我的女看护就用这个无稽之谈哄我睡觉。她说，孩子们晚上照镜子的话，会映出一张陌生、丑陋的脸，然后孩子们的眼睛会动弹不得。我当时非常害怕，但即使在我极度惧怕的情况下，我还是常常忍不住看向那面镜子，哪怕只是瞥上一眼，因为我对这个陌生人的脸很好奇。有一次，我感觉看到了镜子里有一双狰狞发光的眼睛，在凶狠地瞪着我，我大叫了一声，然后晕了过去。这可能是个巧合，但是过后我病了很久，直到现在，我都觉得那双眼睛确实曾经瞪过我。

简而言之，我脑海中浮现出我所有童年时代的疯狂东西，刺骨的寒意流过我的血管，让我不寒而栗。我想把这面镜子扔掉，我不能，现在那个迷人身影的湛蓝眼睛正看着我，是的，她的目光转向了我，直达我的内心。那种突

荒　屋(首版1817)　133

然扼住我的恐惧离开了我,取而代之的是甜蜜渴望带来的一种幸福的痛苦,它像电流一样暖暖地流遍我的全身。

'您那里有一面可爱的镜子。'我身旁响起一个声音。我从梦中清醒过来,恍惚间看到在我的两边有好几张脸正对着我微笑,不由吃了一惊。有几个人坐在同一张长凳上,毫无疑问,我给他们提供了一场有趣的表演,我死盯着镜子,也许在兴奋若狂的状态下还面带一些奇怪的表情。'您那里有一面可爱的镜子。'当我没有回答时,那个男人重复说道,带着探究的眼神,仿佛在问:'但是请告诉我,这么发疯似的凝视到底是怎么了,您看到鬼怪了吗'诸如此类的问题。这个男人年事已高,穿着非常整洁,他说话的语气和眼神都透着和善,让人有满满的信任感。我毫不犹豫直截了当地告诉他,我在镜子里看到一个绝代佳人,她就在我身后这所荒屋的窗边。我追问那个老人,是否也看到了那张迷人的脸庞。

'在那边吗?在那所老房子里,最后那扇窗户吗?'老人无比惊讶地再一次向我确认。

'没错,没错。'我说。这时老人笑了起来,他开始说道:'这是一个奇异的错觉,现在我是老眼昏花,上帝保佑我还能看得见。嗯,嗯,先生,我确实看到了那张在窗边的美丽脸庞,但在我看来,那只是一幅栩栩如生、惟妙惟肖的油画肖像。'

我迅速转向那扇窗户，百叶窗被放了下来，一切都消失了。

'是！'老人继续说道，'是的，先生，现在让您相信可能为时已晚，因为我刚看到，那个独自住在冯·S.伯爵夫人房子里的侍从，掸了掸画像上的灰尘，把那幅画像从窗户边拿开，并且放下了百叶窗。'

'那只是一张画像吗？'我非常沮丧地再次问道。

'相信我的眼睛。'老人回答说，'您看到的只是这幅画反射在镜子里的影像，这显然会大大增加视觉上的错觉，而且，我在您这个年纪的时候，不也会凭着自己的想象力，臆想出一个美丽少女吗？'

'但是手和手臂都在动啊。'我想起来说道。

'是的，是的，他们动了，一切都动了。'老人轻轻地拍了拍我的肩膀，笑着说。然后他起身离开，礼貌地鞠了一躬，并说道：'当心这面袖珍镜子，它在施障眼法骗人。最顺从的仆人。'

你们可以想象下我的感受，看到自己被视为一个愚蠢、无知的幻想者。我说服自己相信这个上年纪的人是对的，发生在我身上的只是一个巧妙的把戏。令我感到羞耻的是，只是一座荒凉的房子就如此拙劣地迷惑了我。

我极度懊恼和烦闷地跑回家，决心摒弃所有认为荒屋很神秘的想法，并且至少几天都避免去那条大道。我忠实地遵守了这两点。除此之外，白天，我坐在办公桌前处理紧急事务，晚上，则和那些睿智、快乐的朋友在一起，这样一来，我几乎不再去想那些谜团了。只是在这段时间里，我有时会从睡梦中惊醒，仿佛被外部的触碰突然唤醒，然后我恍然大悟，是我想到了在幻象和在荒屋窗边看到的那个神秘存在，这个想法唤醒了我。是的，即使在工作时，在与朋友们最热烈的交谈时，这个念头常常毫无缘由地像一道闪电一样突然击中我的心，不过这些只是转瞬即逝的瞬间。那面袖珍小镜子，它如此迷惑性地为我反射出那幅优美的肖像画，现在则成了一个普普通通的家庭用品。我习惯在它面前系领带，有次在我有要事需要处理的时候，它好像瞎了一样什么也照不出来，为了擦亮它，我按照众所周知的方法在上面哈气。我所有的脉搏都停止了，我的内心深处因幸福的恐惧而颤抖！是的，这就是当我的呼吸扫过镜子，我看到蓝色雾气中那张迷人的脸，用那种忧郁的、令人钻心般疼痛的眼神看着我时，我的感觉。你们都在笑我？你们受够了，认为我是一个无药可救的幻想者，但是随你们怎么说、怎么想，我不在乎。那个美人从镜子里看着我，但哈的气一消散，她的脸就消失在镜子的反光里。我不想向你们详述随之而来的一系列事件，免得你们嫌烦。我只想说，我不断重复我的尝试，有时我能成功地用哈气召唤出心爱的画面，但有时即使是最艰苦的努力也会失败。之后我在荒屋前疯了似的来回奔走，紧紧盯着那扇窗户，但没有人出现。我只活在对她的思念中，其他的一切对我来说都死去了，我忽略了我的朋友、我的研究。这种状态逐渐化为轻微的痛苦，一种梦幻般的渴望，是的，在这幅画面似乎要失去生命和力量的时候，又往往让我回想起至今仍深觉恐惧的那些时刻，重新将沉迷的状态推至顶点。

因为我说的是可能会让我毁灭的精神状态，那么对于你们这些不相信的人，听我的故事并且感受我所忍受的一切，还有什么好一笑了之和嗤之以鼻的。正如我常说的，每当那幅画完全褪色，我就感到身体不适，那个身影又以前所未有的活力和光彩重新出现，让我以为我可以抓住她。但后来我发现，可怕的是，我自己成了那个身影，被镜子的迷雾笼罩着。这样痛苦的状态以一阵明显的胸痛开始，然后彻底的冷漠终结，留下的永远是气血耗尽的疲惫。在多次尝试失败的时候，我则更加用力地哈气，活生生的画面就又从镜子中出现了，我不想否认，这会给我的身体带来一种特别而陌生的刺激。

这种持续的紧张对我产生了致命的危害，我脸色苍白如死灰，整个人都被摧毁了，走起来摇摇晃晃。我的朋友们以为我病了，他们不断的劝告终于让我开始尽我所能地认真思考我的状态。不知道是有意为之还是纯属巧合，一

荒　屋(首版1817)

位药剂学专业的朋友来访时留下了一本赖尔①写的关于精神障碍的书。我开始阅读这本书。我无法抗拒地被这部作品所吸引，然而当我发现自己符合精神错乱的所有固有症状时，我是什么感觉！看到自己再这样下去就得去疯人院了，这深深的恐惧让我清醒过来，我坚定地做了个决定，并且很快付诸实施。

我把袖珍镜子放在口袋里，赶紧去找K医生，他以治疗精神错乱者而闻名，他深入掌握那些心理法则，这些法则甚至有时候会引发身体上的疾病，然后他再治愈它们。我告诉了他一切，连最小的细节也没有向他隐瞒，并恳求他将我从威胁到我的可怕灾难中解救出来。他非常平静地听我说完，但我注意到他眼中有深深的惊讶。

'还没有，'他开始说，'危险还绝对没有您想象的那么近，我可以肯定地说，我完全可以阻止它发生。毫无疑问，您受到前所未有的心理攻击，但是，当某种邪恶法则正在攻击你时，您能完全清楚地意识到，这就是您抵御它的武器。把您的小镜子留给我，强迫自己做任何需要耗费您脑力的工作，避开那条大道，在您能忍受的范围内尽可能早地工作，然后多散散步，回归到想念您许久的朋友圈。吃有营养的食物，喝浓烈的红酒。您看，我只是想消

---

① 约翰·克里斯蒂安·赖尔（1759—1813），德国医生，创造了"精神病学"一词，现代精神病学的创始人之一。

除您固有的想法,即在荒屋的窗户和镜子里会出现迷惑您的脸,将您的思想转移到其他事情上,增强您的体质。请不要质疑我的意图。'

我很难与镜子分开,已经接过它的医生似乎注意到了,朝它吹了口气,然后递到我眼前问道:'您看到什么了吗?'

'一点也没有。'我回答说,事实也确实如此。

'您对着镜子吹一下。'医生说,把镜子放到我手里。我照做了,神奇的画面比以往任何时候都更清晰。

'她在那儿。'我大声喊道。

医生看了看,然后说:'我一点儿也看不见,但我不能对您隐瞒,在我看您的镜子时,我感到一阵怪异的战栗,不过这种战栗很快就过去了。您知道,我非常坦率真诚,因此值得您完全信任。您再试一次。'

我照做了,医生搂住了我,我感觉到他的手在我的脊椎上。人像重新出现了,和我一起看着镜子的医生脸色发白,然后他从我手里拿过镜子,又看了看,锁进书桌里,把手放在他的额头前,静静地站了几秒钟,才回到我身边。

'您听我的,'他开始说,'您要严格遵从我的规定。我得承认,您觉得自己不受控制、在身体疼痛中感知到自我的那些时刻,对我来说仍然非常神秘,但我希望能够很

快告诉您更多相关的信息。'

凭着坚定不移的意志，不管对我来说多么困难，我暂时按照医生的要求生活，也很快感受到了其他脑力劳动以及规定饮食的有益影响，然而我还是没有脱离那些可怕的袭扰，它往往在中午时分出现，在午夜十二点时则更为强烈。纵使有热闹的歌酒相伴，时常也会突然好似有把亮闪闪的尖刀刺入我的内心，所有的精力都不足以抵挡，我只能先离开，等我从眩晕的状态中清醒过来才可以返回。

我曾经参加过一个晚会，晚会上谈到了心理的影响和作用，以及催眠术的黑暗未知领域。人们主要探讨了一种心理法则远程作用的可能性，这被许多例子所证实。一位致力于催眠术的年轻医生特别指出，他和其他几个，或者更确切地说，和所有强大的催眠师一样，能够通过强化思想和意志来远程影响他的患者。关于这一点，克鲁格、舒伯特、巴特尔斯等人所说的一切也逐渐浮出了水面。'最重要的是，'一位在场者最后说，他是一位以观察敏锐著称的医生，'对我来说，最重要的始终是，催眠术看似蕴藏着秘密，但是我们不想将其视为一件神秘的事情，只想把它当作一种普通、简单的生活体验。只是，我们必须谨慎地开展这项工作。那么，在我们对任何外部或内部原因都一无所知的情况下，撕裂我们的意识链，某个人，甚至可能是某个事件的真实画面，如此生动地、激动人心地浮现在脑海中，连我们自己都感到惊讶。最奇怪的是我们经常梦到坠入黑色的深渊的画面，而在完全独立于这个画面的新梦境中，我们突然置身远方，多年未曾想起、变得相当陌生的人鲜活地出现在我们面前。是的，更有甚者，我们往往以这样的方式看见不熟悉的陌生人，而这些人我们可能要多年后才能认识。我们或许会这样想：我的天啊，这个男人，这个女人，对我来说似乎如此熟悉，我想我应该已经在某个地方见过他或她。这种情况也许是对这样一个梦境的深度记忆，因为这一般来说是绝对不可能的。这种陌生的画面突然蹦入我们的脑海中，我们习惯立刻用特殊的力量捕捉到它，那么这是如何被未知的心理法则引发的呢？在某些情况下，陌生的灵魂有可能在毫无防备的情况下被催眠，以至于我们不得不无意识地服从，这又会如何？'

'所以我们，'另一个人笑着插话道，'在巫术、魔法画、镜子以及其他荒谬、迷信的幻想的学说上没有取得很大的进展，这一切毫无价值而且早就已经过时了。'

'嗯，'医生打断了质疑者，'没有时间会过期，更不会出现毫无价值的时间，只要我们不将人们，包括我们自己，敢于思考的每个时刻视为毫无价值。某些事情甚至常常是通过严格的合法证据确定下来的，想要彻底否认它们是非常个人的行为，而且无论我多么不认同，在我们心灵归处的那个黑暗、神秘的领域里,只有一盏小灯明亮地照耀着我们愚笨的双眼,然而可以肯定的是,大自然并没有剥夺我们这些鼹鼠的天赋和喜好。尽管我们眼盲,但我们会寻求在黑暗的道路上走得更远。但是,正如地球上的盲人从树木的沙沙声、流水的潺潺声中识别出,他来到了树林的附近,有树荫可以纳凉;来到了小溪的附近,可以解渴恢复体力,这样他实现了他所向往的目标。而我们从未知生灵扑簌簌的振翅声中感知到,朝圣之旅将我们引向光明之源,让我们睁开双眼!''所以您确定,'我转向这位医生,'人必然会无意识地服从一种未知的精神法则的影响?'

医生回答说:'我并不想多做拓展,我不仅认为这种影响是可能的,而且还认为其它心理法则,与通过催眠状态使得影响更为明显的心理法则的运作,是一样的。'

'所以也有可能,'我继续说,'允许这些邪恶的力量对我们产生敌对的、堕落的影响?'

'不过是堕落灵魂的卑劣手段。'医生微笑着回答,'不,我们不想屈服于他们。无论如何我恳请你们,不要接受其他任何暗示,除了我补充的这点,那就是我绝不相信,一种精神原则绝对支配另一种精神原则。我更愿意接受的是,某种依赖性、内在意志薄弱或者相互作用,为这种支配提供了空间。'

'现在,'一个一直沉默着,只是专心聆听的中年人开口说,'我才在某种程度上习惯了您提及的关于我们理应一无所知的秘密的奇怪想法。如果有活跃的神秘力量带着威胁的攻击逼近我们,唯有精神机体出现某种异常,才能夺走我们战胜它们的力量和勇气。一言以蔽之,只有精神上的疾病——罪恶使我们屈从于魔鬼的原则。值得注意的是,从最早的时代起,邪恶的力量就最能扰乱人内心深处的情绪,我指的是所有编年史中充斥的那些爱情魔法事件。这类事情经常发生在那些疯狂的女巫审判中,即使是在一个非常开明的国家的法典中也会提到爱情药水,它旨在产生一种纯粹的心理效应,它通常不是为了唤起一般的情欲,而是会绑定在某个特定的人身上,让其无法抗拒。这些谈话不禁让我想起了不久前在我家发生的一件惨事。当波拿巴带着他的军队侵占我们的国家时,一位来自意大利贵族卫队的上校驻扎在我家。他是所谓的伟大军队中为数不多的,以安静、谦虚、高贵的风度而出众的军官之一。他死人一般苍白的脸庞和幽暗的双眼透着恹恹病态以及深深的忧郁。当折磨他的特别事件为人所知时,他才在我家住了几天。当时我刚到他的房间,突然,他深深地叹了口气,把手放在胸口,或者更确切地说,放在胃上,仿佛他正承受着致命的痛苦。很快他就再也说不出话来,跌进沙发里,随即他的双眼突然失去了视力,整个人僵成了

荒 屋(首版1817)

一尊不省人事的雕像。猛的一下他像从梦中惊醒。他终于醒了，但因虚弱无力而无法动弹。我给他找来我的医生，在其他治疗措施都无果后，他用催眠术进行治疗，这疗法似乎颇有效果；然而医生却不得不很快放弃了，因为在对病人进行催眠时，医生自己产生了一种难以忍受的恶心感。顺便说一句，医生赢得了上校的信任，上校告诉他，在某些时刻，他在比萨认识的一个女人的画像会出现他面前；然后他会觉得，女人闪亮的眼神仿佛要进入他的内心，他感受到最难以忍受的疼痛，直到完全失去知觉。从这种状态中清醒后，他只剩下隐隐的头痛和疲惫，就好像沉醉在情爱的乐趣中，但他从未吐露过与那个女人可能存在的亲密关系。部队要开拔了，上校的车整装待发地停在门前。他当时在吃早饭，刚要将一杯马德拉酒送到唇边，却闷哼了一声，从椅子上摔了下来。他死了，医生认为死因是中风。几周后，我收到了一封写给上校的信。我毫不犹豫地打开了它，想从上校的亲属那里了解更多的信息，并告诉他们上校突然去世的消息。这封信是从比萨寄来的，上面没有署名，只有几句话：不幸的人！今天，7号，中午12点，安东尼娅溺水死了，双臂深情地环抱着你那虚伪的肖像！我查阅了我在上面标记了上校死亡的那本日历，发现安东尼娅的死亡时间和上校的一样。'

我无法再听这个男人又给这个故事补充了什么内容，

因为当我发现我和那个意大利上校是一样的状态时，我惊恐万分，伴随着剧烈的疼痛，我心中升起对那幅不明画像的疯狂渴望。我不受控制地跳起来，拼命冲向那所命运多舛的房子。远远地，我感觉好像看到紧闭的百叶窗中闪烁着灯光，但当我走近时，光亮又消失了。我因对爱的渴望而疯狂地冲向大门，它在我的压力下开了。我站在光线昏暗的走廊里，周围满是潮湿闷热的空气。我的心因莫名的恐惧和不耐烦而怦怦直跳。这时一个长久而刺耳的从喉咙深处发出的女声穿透了这所房子，然后我自己也莫名其妙地突然置身于一个点着许多蜡烛、灯火通明的大厅里。这个老式大厅装饰有镀金的家具和奇怪的日本器皿，富丽堂皇。浓郁的熏香伴着蓝色的云雾向我涌来。

'欢迎——欢迎——，亲爱的新郎——时间到了，婚礼临近了！'一个女人的声音越来越大，同我不知道自己怎么突然来到这个大厅一样，我也说不上来，怎么会突然从迷雾中闪出一个盛装年轻人的高大身影。她一边反复地尖声叫着：'欢迎，亲爱的新郎。'一边张开双臂走向我，映入我眼帘的还有一张蜡黄的、由于年老和疯癫而扭曲的丑陋的脸。

我踉跄后退，吓得浑身发抖；我仿佛被响尾蛇闪着精光的锐利眼神定住了，无法将目光从这个可怕的老太婆身上移开，也无法移动一步。她走近我，这时我发现，这张丑陋的脸似乎只是一张薄薄的面纱面具，透过它多少可以看出那个可爱镜像的影子。我已经感觉到自己被那个女人的手碰到了，她突然大声尖叫着倒在我面前的地上，我的身后传来一个声音：'哇！魔鬼又在和埃德温夫人玩游戏了。睡觉，睡觉，我的夫人，否则会被打哦，会被狠狠地打！'

我急忙转身，看见那位老管家只着衬衫，挥舞着一根结实的鞭子。他将鞭子举过头顶，想要抽打那个蜷缩在地上哭泣的老妪。我撞进他的怀里，但他推开我喊道：'见鬼，先生，如果我不干预的话，老撒旦会杀了您，走，走，走。'

我冲出大厅，在深重的黑暗里徒劳地寻找房子的大门，同时我听到鞭子抽打的嘶嘶声和老人的哭喊声。我正要大声呼救，突然脚下的地面消失了，我从一段楼梯上摔了下来，重重地撞在一扇门上，门砰的一声裂开了，我整个人都掉进了一个小房间里。从看上去有人刚刚离开的床铺，以及挂在椅子上的咖啡色上衣，我立刻认出这是老管家的房间。片刻之后，楼梯上传来声响，看门人冲了进来，直冲到我的面前。

'为了大家的幸福，'他举起双手恳求道，'为了大家的幸福，不管您是谁，也不管那个老巫婆撒旦怎么把您引诱到这里来的，请您对这里发生的事情保持沉默，否则我

荒屋中的女人

这时一个长久而刺耳的从喉咙深处发出的女声穿透了这所房子，然后我自己也莫名其妙地突然置身于一个点着许多蜡烛、灯火通明的大厅里。这个老式大厅装饰有镀金的家具和奇怪的日本器皿，富丽堂皇。浓郁的熏香伴着蓝色的云雾向我涌来。

会失去我的工作！疯癫的夫人已经受到惩罚，被绑在床上。哦，睡吧，尊敬的先生！温柔甜美地睡吧。是的，是的，您做得很好。一个美好、温暖的七月的夜晚，虽然没有月光，但幸好有星光点点。那祝您有一个平和、愉快的夜晚。'老管家一边说着，一边跳起来，拿起蜡烛，把我从地下室里带出来，推出门外，然后把门严严实实地锁了起来。

我惊魂未定地急匆匆回了家，你们可以想象得到，我被这个可怕的秘密深深震撼，头几天里我甚至理不清整件事里最微小的合理关联。只有一点可以肯定，如果有个邪恶的咒语囚禁了我这么久，那现在我实际上已经摆脱了它的控制。对镜中幻象的所有痛苦的渴望都已荡然无存，很快，我便觉得荒凉建筑中的境遇是意外落入了疯人院。毋庸置疑的是，那儿有一名贵族出身的疯女人。或许是为了在世人面前隐瞒她的状况，这位管家被选作这个暴虐的监护人。但是这面镜子，绝对有魔力，还有其他隐情，其他隐情！

后来正好在一个盛大的社交场合碰到了P.伯爵，他把我拉到一个角落里笑着说：'您知道我们那所荒屋的秘密开始暴露了吗？'我凝神聆听，但是伯爵正想继续往下讲，餐厅的双扇门打开了，我们要就座了。依旧沉浸在伯爵想要向我揭开的谜底中，我向一位年轻女士伸出了手臂，然后以一种僵硬的仪式感缓慢地迈着大步,机械地跟着人流。我把我的女士引至提供给我们的空座位,才开始正眼看她。镜中人最真实的面容正看着我,不可能有假。你们可以想象到我内心深处的颤抖,但我也必须向你们保证,当我的呼吸从镜中召唤出这个美妙的女人时,我心中并没有激起哪怕是最微弱的那种堕落的、疯狂的爱的狂怒。我的惊讶更甚,我的震惊一定在我的眼睛里清晰可见,因为那个女孩迷惑地看着我,所以我认为有必要尽快振作起来,尽可能镇定地指出,有一段生动的记忆,让我毫不怀疑自己曾经在哪里见过她。她简短地否认我们曾见过的情况,解释这不太可能,因为她昨天才来柏林,而且这是她人生中第一次来到这里,这话让我吃惊不已。我沉默了。只有那个女孩迷人的眼睛向我投来的天使般的眼神才让我又振作起来。你们知道,在这样的场合你要伸出自己的灵魂触角,然后得轻轻、轻轻地摸索,直到找到能有回响的那个位置。我就是这样做的,很快我发现我身边的人温柔可爱,但是在精神上却有些病态的过度紧张。在谈话的任何愉快的转折点,尤其是当我像撒卡宴胡椒粉作为调料一样,在谈话中加入一些时髦、生僻的词时,她确实笑了,但奇怪的是,她笑得很痛苦,好像感动得太厉害了。

'您不高兴,女士,也许是因为今天早上的拜访。'坐在不远处的一位军官这样和我的这位女士打招呼,但就在此时,他的邻座迅速抓住他的胳膊,在他耳边说了些什么。而坐在桌子另一边的一位女士,她的脸颊和眼睛泛着红晕,一直在谈论这部精彩的歌剧,她所看过的这部歌剧在巴黎的演出,以及它与今天的比较。我的女邻座流下了眼泪:'我不就是一个无知的孩子吗?'她转向我。

由于她刚刚抱怨过偏头痛,我便以轻松的语气回答道:"这是神经性头痛的常见后果,最大的帮助莫过于这诗人之饮的泡沫中所洋溢的轻快而大胆的精神。"说着,我将她先前拒绝的香槟倒入她的杯中。她抿了一口,用眼神感谢我对于她无法控制的眼泪的解释。她的内心似乎变得明亮轻快起来,要不是最后我不小心重重地撞到了面前的英国玻璃,害它发出尖锐刺耳的声音,一切都会非常顺利。当时我的这位女邻座脸色变得苍白得要死,我也突然感到恐惧,因为对我而言,这声音好像是荒屋里那个疯老太婆的声音。在人们喝咖啡的时候,我找机会接近P.伯爵;他非常明白我为什么找他。

'您知道您的邻座是埃德温·冯·S.伯爵夫人吗?您知不知道,她母亲的姐姐,多年来精神失常,一直被关在那所荒屋里?今天早上她们母女俩都在那个不幸的女人那里。那个老管家,唯一一个知道如何控制女伯爵发疯的人,因此被委派来照顾她,她现在病入膏肓,据说妹妹终于把这个秘密告诉了K医生,他还会尝试最后的手段,即使不能完全恢复，至少让她从不时发作的可怕躁狂中解脱出来。我暂时就知道这么多了。'其他人上前，谈话中断了。K.医生正是我之前出现莫名状况所求助的人，你们可以想象，我多么迅速地赶到他身边，并忠实地向他讲述了从那以后发生在我身上的一切。为了安心，我恳请他尽可能多地告诉我关于那个疯老太婆的情况。在我发誓会严格保密之后，他毫无保留地向我透露了以下内容。

'安格莉卡，冯·Z.女伯爵，'医生这样起头，'当比她年轻许多的冯·S.伯爵在柏林皇宫中见到她时，她虽然已年过三十，却依然风姿绰约，伯爵为她的魅力所倾倒，立即开始了最热切的追求，甚至当女伯爵夏天回到她父亲的庄园时，他也跟着她去了。他是想向老伯爵敞开心扉表达心愿，而根据安格莉卡的行为，他的心愿似乎也并不是毫无希望。可S.伯爵一到那里，一见到安格莉卡的妹妹加布里艾勒，他就从痴迷中醒了过来。安格莉卡站在加布里艾勒身边显得黯淡无光，加布里艾勒的美貌和优雅让S.伯爵无法抗拒地对她着迷，于是，他不再理会安格莉卡，当加布里艾勒很快对伯爵S.表现出非常明确的好感后，他就向加布里艾勒求婚了，而Z.老伯爵也乐见其成。对于爱人的不忠，安格莉卡没有表现出丝毫的恼怒。"他认为是他离开了我。愚蠢的家伙！他没有注意到，不是我，他才是那个被我扔掉的玩具！"她用嘲讽语气骄傲地说道，事实上，她整个人都表现出她对不忠者的蔑视是认真的。顺便说一下，加布里艾勒与冯·S.伯爵的婚约一宣布，安格莉卡就很少露面了。她没有出现在餐桌上，据说她独自一人在附近的森林里漫步，她早就选择了这里作为散步的目的地。一件特殊事情打破了城堡中单调的平静。碰巧的是，冯·Z.伯爵的猎人在众多被召集的农民的协助下，终于抓获了一伙吉普赛人。这伙吉普赛人被指为最近在该地区频繁发生的烧杀抢虐事件的罪魁祸首。他们被带到了城堡的大院里，男人被锁在一条长链子上，女人和孩子被绑在车上。不少人一脸挑衅，双眼放光，如被缚的猛虎一样放肆四顾，看上去就是板上钉钉的强盗和杀人犯。最显眼的是一个高大、憔悴、狰狞的女人，从头到脚裹着一条血红色的披巾，笔直地站在马车里，用命令的语气大喊着放她下来，他们照做了。冯·Z.伯爵来到城堡的院子里，正在吩咐如何在坚固的城堡监狱中隔离分押这帮人，这时安格莉卡女伯爵头发飞散，苍白的脸上满是惊恐，冲出了房门，跪在地上用尖锐的声音大喊："放开这些人，放开这些人，他们是无辜的，无辜的。父亲，放了这些人！只要他们沾了血，我就会把这把刀刺进我的胸膛！"女伯爵在空中挥舞着一把镜子般锋利的刀，然后晕倒了。

"哦，我美丽的娃娃，我最亲爱的孩子，我就知道你承受不了！"红衣老妪如此抱怨道。然后她蹲在女伯爵身边，令人作呕地吻遍她的脸和胸部，还不停地喃喃自语："纯洁的女儿，纯洁的女儿，醒醒，醒醒，新郎来了。嗨，纯洁的新郎来了。"老妪拿出一个梨状药瓶，里面有一条小金鱼仿佛在银色的魂魄中上下游动。老妪将药瓶放到女伯爵的心口，女伯爵立刻醒了过来，但当她跳起来，一看到吉普赛女人，就激动热情地拥抱了这个女人，然后带着她匆匆离开，进了城堡。冯·Z.伯爵——加布里艾勒，她的新郎，在此期间也在那儿，被一种古怪的恐惧所笼罩，完全石化地看着这一切。吉普赛人则完全漠不关心和镇定自若，他们现在被解开了锁链，分别单独囚禁在城堡的监狱里。

第二天早上，冯·Z.伯爵召集了领地的居民，吉普赛人被带了出来，伯爵大声宣布他们无罪，该地区发生的所有抢劫案与他们无关，他们可以自由通过他的领地，随即便让人给他们松了绑，并且令所有人惊讶的是，伯爵还给他们发了护照，释放了他们。那个红衣女子不见了。人们只知道那个吉普赛首领（通过他脖子上的金链子和西班牙风格的卷边帽上的红色羽毛很容易辨认出来）晚上在伯爵的房间里。一段时间后，毫无疑问，吉普赛人确实完全没有参与周边地区的抢劫和谋杀。

加布里艾勒的婚礼临近，有一天她惊奇地发现，几辆物资车满载着家具、服装、衣物，简言之就是一整套的家居摆设,正要出发。第二天早上,她得知安格莉卡晚上离开了,陪同的还有S.伯爵的贴身男仆和一个戴着兜帽的女人,看着像那个红衣吉普赛老妇人。Z.伯爵解开了这个谜团,他宣称出于某些原因,他认为有必要在安格莉卡公认的奇怪愿望上让步,不仅把坐落在柏林那条大道的房子赠与她,还允许她在那里自立门户,还有个条件是,家里任何人,包括老伯爵自己,未经她明确许可都不得进入这所房子。冯·S.伯爵补充说,应安格莉卡的迫切要求,他不得不将他的贴身男仆留给她,与她一起前往柏林。举行完婚礼,S.伯爵和他的妻子去了D.城,在无忧无虑的欢乐中生活了一年。再后来伯爵却害了古怪的疾病。仿佛某种隐秘的疼痛夺走了他所有的生机,所有的活力,他妻子竭尽全力想让他摆脱那个他内心深处困扰他的秘密,却是白费工夫。当深度的昏迷最终危及他的生命,他听从医生的建议,据说去了比萨。加布里艾勒不能同行,因为她即将分娩,然而分娩过了好几周才发生。

'这里开始,'医生说,'加布里艾勒·冯·S.女伯爵的消息变得十分混乱,只有深入观察才能理解其中的紧密关联。总的来说就是,她的孩子,一个女孩,从摇篮里离奇消失了,所有的调查都徒劳无功,她的悲伤到达了绝望的地步。同时冯·Z.伯爵写信告诉她一个可怕的消息,说他的女婿,本该在去比萨的路上,却被发现在柏林,还是在安格莉卡的那所房子里，死于中风；安格莉卡已经疯了，而他可能无法再长期承受这样的痛苦。加布里艾勒·冯·Z.稍微恢复了些，就赶往她父亲的庄园；在一个不眠之夜，失去的丈夫、失去的孩子在她眼前浮现，她似乎听到卧室门外传来轻微的呜咽声；她鼓足勇气，点燃了夜灯旁烛台的蜡烛，走了出去。我的天啊！吉普赛女人裹着红色披肩蜷缩在地上，死气沉沉地盯着她的眼睛，她怀里抱着一个小孩子，在怯生生地呜咽，女伯爵的心脏在胸膛里狂跳不已！是她的孩子！是她失踪的女儿！她从吉普赛人的怀中抢走孩子，而此刻这个吉普赛女人却像没有生命的人偶一样滚开了。众人被女伯爵惊骇的叫声惊醒，冲了过去，发现这个女人已经死在地上，药石无效，伯爵让人埋葬了她。剩下的就是赶快去柏林找发了疯的安格莉卡，或许可以探寻到这个孩子的秘密。

一切都已经变了。安格莉卡的狂躁症把所有的女仆都赶走了，只有那个贴身男仆留下了。安格莉卡变得冷静理智了。当伯爵讲述加布里艾勒孩子的故事时，她双手合十，大笑着喊道："是小娃娃到了吗？真的到了吗？埋了吗，埋了吗？哎呀，锦鸡抖动得多么壮观啊！你们不知道那只长着蓝色眼睛的绿色狮子吗？"

伯爵惊恐地注意到安格莉卡突然恢复了疯狂，脸上似乎呈现出那个吉普赛女人的特征，他决定把她带回庄园，而老仆人建议不要这样做。事实上，一旦有人试图让她离开这所房子，安格莉卡的疯狂情绪就会演变成暴怒和癫狂。在清醒的间歇，安格莉卡泪流满面地恳求父亲让她死在这个房子里，他不禁动容，同意了她的请求，尽管他认为从她嘴里说出来的忏悔只是再次发疯的产物。她承认S.伯爵已经回到她的怀抱，并且那个吉普赛女人带到冯·Z.伯爵家的孩子是这个结合的果实。城中的人们都以为冯·Z.伯爵将这位不幸的女人带回了庄园，而其实她留在了这所荒凉的房子里，被深深地藏了起来，由那个贴身男仆照顾。冯·Z伯爵前段时间去世，加布里艾勒·冯·S女伯爵带着埃德蒙德来整顿家事。她无法否认自己看到了那个不幸的姐姐。这次拜访一定发生了某些奇异的事情，但女伯爵并没有向我透露，只是笼统地说，现在有必要从老仆人手中夺走这个不幸的女人。有一次，他被发现企图通过严厉、残忍的虐待手段来控制她发疯，但是后来，安格莉卡骗他知道如何制作金子，他被唆使和她一起做各种各样奇怪的实验，并且给她置办所有的必需品。'

'也许，'医生这样收尾，'现在多说已是多余，您，恰好是您注意到这些奇怪事物之间的深层联系。可以肯定的是，您招致的这场灾难或许会让这个老人康复，也或许会让她死亡。顺便说一句，我现在不想隐瞒，在给您催眠的时候，我也看到了镜子里的影像，我很震惊。现在我俩

都知道，这幅画像是埃德蒙德。'

"就像医生认为对我来说不需要再执迷这件事，我也认为现在没有必要再详细探讨，安格莉卡、埃德蒙德、我和老仆人之间有什么样的神秘关系，以及这种不可思议的互相影响怎么玩了一把恶魔游戏。我只能说，在这些事件之后，一种压抑、阴森的感觉驱使我离开了都城，过了一段时间这种感觉才突然消失。我感觉，当一种非常特别的幸福感流过我的内心深处时，老妇人死了。"西奥多就这样结束了他的故事。朋友们又对西奥多的冒险经历谈论了一番，并且认可了他的观点，那就是奇异和奇妙的事情会以一种奇怪而可怕的方式混合在一起。当他们分开时，弗朗茨拉着西奥多的手，轻轻地摇晃着，带着几近伤感的微笑说道："晚安，斯帕兰扎尼蝙蝠！"

陌生的孩子

布拉克海姆的布拉克尔男爵

从前有一位贵族,他叫塔德多厄斯·冯·布拉克尔男爵,住在小村庄布拉克海姆,这是他从他已故的父亲老布拉克尔男爵那里继承来的,因此也就成了他的财产。除了他以外,这个村里还住有四位农民,他们称他为男爵大人,尽管如此,他出门的时候和他们一样,也只是简单地梳理一下头发,只有在星期天,他开车带着他的妻子以及他的两个孩子(一个叫菲利克斯,另一个叫克里斯特莉普)去隔壁大村子里的教堂时,才不会穿他平时穿的粗布夹克,而是换上一件非常适合他的精美的绿色外套和一件金色花边的红色背心。

如果有人问这些农民:"我怎么去冯·布拉克尔男爵那儿?"

他们每次都会回答:"穿过村子一直往前走,白桦树所在的山坡上,就坐落着男爵大人的城堡!"

如今谁都知道,城堡一定是一座高大的建筑,有许多门窗,还得有塔楼和闪亮的风旗,这些特征在长有白桦林的山丘上无迹可寻,那儿只矗立着一座有几扇小窗的低矮小屋，不走近根本看不到它。或许会有这样的情况，一个人在一座巍峨城堡的高大门楼前突然裹足不前，呼吸着倾泻而出的冰冷空气，被那些貌似可怕的守卫一样靠在墙上的奇怪石像死气沉沉的眼睛注视着，完全失去了进去的兴趣，宁愿折返回去。塔德多厄斯·冯·布拉克尔男爵的小房子则完全不是这种情况。小树林里，美丽而纤细的白桦树枝繁叶茂，仿佛张开双臂在亲切地向我们招手。它们沙沙作响，快乐地向我们窃窃私语："欢迎，欢迎来到我们中间！"等完全来到了这所房子前，镜子般明亮的窗户里，从墙壁到屋顶都铺满的浓密、深色的藤叶中，仿佛有可爱甜美的声音无处不在地召唤："进来吧，进来吧，亲爱的疲惫的流浪者，这里非常漂亮，非常好客！"巢穴内外欢快鸣叫的燕子也证实了这一点，沉稳持重的老鹳鸟严肃而机灵地从烟道上俯视着，说道："我在这里度过了许多个夏天，我找不到比这更好的地方，要是我能克制住与生俱来的旅行欲，要是这里的冬天不那么冷，木头不那么贵，我是不会离开这里的。"如此地幽雅美丽，虽然根本不是一座城堡，但它就是冯·布拉克尔男爵的宅邸。

贵客来访

一天早上，布拉克尔的妻子起得很早，烤了一个蛋糕，她用的杏仁和葡萄干比复活节蛋糕还要多得多，这也使它比那个蛋糕好吃得多。与此同时，冯·布拉克尔男爵正在拍打和梳理他的绿色外套和红色背心，菲利克斯和克里斯特莉普穿着他们最好的衣服。

"你们不可以，"冯·布拉克尔男爵对孩子们说，"今天你们不可以像往常一样跑到树林里去，而必须安静地坐在房间里，这样等你们的伯父大人来了，你们才会看起来既干净又漂亮！"

太阳从雾气中探出头来，明亮而惬意，金色的光芒照进窗户，树林里清晨的风呼啸而过，燕雀、黄雀和夜莺一起欢呼，高唱最欢快的小曲。克里斯特莉普安静内向地坐在桌边：她一会儿整理小裙子上的红丝带蝴蝶结，一会儿又努力地继续自己的编织，然而今天却没有什么进展。父亲给了菲利克斯一本精美的绘本，他的目光越过这些图画，投向美丽的白桦林，平常他都可以在那里上蹿下跳地尽情玩耍好几个小时。"哎，外面真美。"他自言自语地叹息道。院子里那条名叫苏丹的大狗在窗前张大嘴吠叫着,跳来跳去,朝树林小跑了一段,然后再次转身又是咆哮又是吠叫,好像在对小菲利克斯喊:"你是不去树林了吗?你在闷热的房间里做什么?"

菲利克斯不禁失去了耐心。"啊,亲爱的妈妈,就让我出去走几步吧!"他大声地喊出声。

但冯·布拉克尔夫人回答道:"不,你就给我待在房间里。我知道放你出去的后果,你一跑出去,克里斯特莉普就会跟着,然后嗖一下子就穿过灌木和荆棘,爬到树上!最后你满头大汗脏兮兮地回来,你的伯父会说:'多么丑陋的农家孩子,布拉克尔家的人不应该这副样子,不管是大人还是孩子。'"

菲利克斯彻底不耐烦地合上绘本,眼眶里噙着泪水,小声说:"如果伯父大人说农家孩子丑陋,他可能没有见过福尔拉德家的彼得,亨彻尔家的安丽丝,或者是我们村里所有的孩子,因为我不知道还有谁比这些孩子更漂亮。"

"是啊!"克里斯特莉普像从梦中惊醒一样地叫道,"舒尔茨家的格蕾特不也是个漂亮的孩子吗?虽然她没有我那么漂亮的红丝带蝴蝶结。"

"别说这种蠢话,"母亲气得半死,呵斥道,"你们不明白这位伯父大人是什么样的身份。"

所有关于今天去树林的美妙想法都没能实现,菲利克斯和克里斯特莉普不得不留在房间里,更令人痛苦的是,桌上为客人准备的蛋糕散发出最甜美的香味,然而伯父没到,不可以切开。"啊,他快点来吧,他快点来吧!"两个孩子喊着,不耐烦得几乎要哭了。终于,一阵沉重的马蹄声响起,一辆马车驶来,周身装饰着金色的饰品,十分华丽闪亮。孩子们都惊呆了,因为他们之前从未见过这样的马车。车夫打开马车门,一个高大瘦削的男人越过车夫的手臂,给了冯·布拉克尔男爵一个拥抱,轻柔地贴了贴他两边的脸颊,悄声地说道:"你好,我亲爱的堂弟,希望没有给你带来不便。"与此同时,车夫扶着一个脸颊通红的小个子胖女人和两个孩子—— 一个男孩一个女孩——从马车上滑到地上。他做得非常熟练,每个人都稳稳站住了。当他们都站好后,菲利克斯和克里斯特莉普也加入进来,按照父亲和母亲的再三嘱咐,分别握住这个高挑瘦削的男人的手并亲吻了它,随后说道:"向您表示热烈的欢迎,亲爱的伯父大人!"然后他们以同样的礼节问候了那个小个子胖女人,并说道:"向您表示热烈的欢迎,亲爱的伯母大人!"接着他们走向孩子们,却惊奇地停了下来,因为他们从未见过这样的孩子。男孩穿着长灯笼裤和一件猩红色布料的小夹克,上面镶满了金色的绳子和花边,腰间别着一把闪闪发亮的佩剑,头上却戴着一顶奇怪的红色帽子,上面插着一根白色的羽毛,帽子下面露出浅黄色的脸和浑浊困倦的眼睛，看起来既讨人厌又怯生生的。女孩穿着一件跟克里斯特莉普一样的白色小裙子，却装饰了大量的缎带和花边，她的头发编成一根非常奇怪的辫子，尖尖地盘在头顶，上面有一顶闪闪发光的小皇冠。克里斯特莉普鼓起勇气，想要拉着小家伙的手，她却很快抽回了手，满脸不悦，还泫然欲泣。克里斯特莉普被吓坏了，从她身边走开了。菲利克斯只想仔细瞧瞧男孩那把漂亮的佩剑，他刚伸手，男孩就开始尖叫："我的佩剑，我的佩剑，他要拿我的佩剑。"然后跑向那个瘦削的男人，躲在他的身后。

菲利克斯涨红了脸，火冒三丈地说道："我才不要拿你的剑，蠢货！"

他只是从牙缝里咕哝了最后一句话，但冯·布拉克尔男爵大概已经听到了一切，显得很尴尬，因为他一边来来回回解开马甲的扣子又扣上，一边叫道："嘿，菲利克斯！"

胖女人说："小阿德尔贡德，赫尔曼，孩子们不会伤害你们的，别犯傻了。"

而那位瘦削的绅士则低声说："他们会熟悉起来的。"他拉着冯·布拉克尔夫人的手，把她引进了屋子，跟在她后面的是冯·布拉克尔男爵和那位胖女人，小阿德尔贡德和赫尔曼贴着胖女人，克里斯特莉普和菲利克斯紧随其后。

"现在该切蛋糕了。"菲利克斯在克里斯特莉普耳边低语。

"哦,是的,哦,是的。"她满心欢喜地回应道。

"然后我们就跑上山,跑进树林里。"菲利克斯继续说。

"不用去操心那些愚蠢的陌生人。"克里斯特莉普补充道。菲利克斯跳了一下,他们就这样进了房间。阿德尔贡德和赫尔曼不被允许吃蛋糕,因为正如他们的父母所说,他们消化不了。作为补偿,他们每人得到了一小块烤面包片。侍卫还得从随身携带的盒子里取出面包片来。菲利克斯和克里斯特莉普则勇敢地咬下母亲招待众人的那块结实蛋糕,心情大好。

贵客来访时发生的事情

　　这位瘦削的男子名叫西普里安努斯·冯·布拉克尔，他虽然是塔德多厄斯·冯·布拉克尔男爵的堂兄弟，却比他尊贵得多。因为除了拥有伯爵头衔之外，他的每件外套上都戴着一颗大大的银星，甚至他的披风上也有。因此当他一年前没有带身为他妻子的胖女人，也没有带孩子，独自一人来到他堂弟塔德多厄斯·冯·布拉克尔男爵处，交谈了一个小时的时候，菲利克斯还问过他："听我说，伯父大人，你成为国王了吗？"菲利克斯在他的绘本中看到一幅国王的照片，胸前也戴着这样的星星，因此他相信他的伯父现在成为了国王，因为他也戴着这个标志。当时，伯父被这个问题逗乐了，回答说："不，我的孩子，我不是国王，而是国王最忠实的仆人和大臣，统治着许多人。如果你是冯·布拉克尔伯爵一脉，以后说不定也能像我一样戴上一颗星星，不过你当然只是一个普通的冯·布拉克尔，不会拥有很多的权力。"

　　菲利克斯不明白伯父的话，塔德多厄斯·冯·布拉克尔男爵认为不理解也无关紧要。现在伯父正在告诉他的胖妻子，菲利克斯是如何把他当作国王的，她叫道："哦，多么可爱、感人的纯真！"现在菲利克斯和克里斯特莉普两个不得不在咯咯笑声中从他们吃蛋糕的角落里出来。母亲立刻把他俩嘴边的蛋糕屑和葡萄干残渣清理干净，推到伯父伯母大人面前，他们大声地感慨："哦，多么可爱的淳朴，哦，田园的纯真啊！"他们亲吻了俩孩子，并在他们手里分别放了个大袋子。塔德多厄斯·冯·布拉克尔男爵和他的妻子为贵族亲戚的善意热泪盈眶。与此同时，菲利克斯打开了袋子，发现里面有糖果，他勇敢地咬了一口，克里斯特莉普立即效仿。

"孩子，我的孩子。"伯父大人叫道，"这样不行，你的牙齿会坏掉的，你必须吮吸糖果，直到它在嘴里融化。"

菲利克斯却差点笑出声来："亲爱的伯父大人，你认为我还是一个小婴儿，因为我还没有坚硬的牙齿去咬，所以只能吮吸吗？"说完，他又放了一颗糖在嘴里，用力地咬了下去，咬得咯咯作响。

"哦，真是可爱天真。"胖女人叫道，伯父也附和着，但塔德多厄斯男爵的额头上已经渗出了汗珠；他为菲利克斯的顽劣感到羞愧，母亲在他耳边低声说："别这样磨牙，你这个淘气的孩子！"这让可怜的菲利克斯很不高兴，他并不认为自己做错了什么，他慢慢地从嘴里取出还没有吃完的糖果，装进袋子里递给伯父，说道："如果我不该吃，

陌生的孩子　169

那就把你的糖拿回去吧！"克里斯特莉普习惯事事效仿菲利克斯，也对她的袋子做了同样的事情。这对塔德多厄斯男爵来说太糟糕了，他赶紧说道："啊，我最亲爱的堂兄大人，请原谅这个单纯的孩子，他笨手笨脚的，当然这是在乡下，在如此有限的条件下。哎呀，谁又能像您一样培养出这么有教养的孩子！"

西普里安努斯伯爵看着赫尔曼和阿德尔贡德，得意而优雅地笑了笑。他们早已吃完面包片，静静地坐在椅子上，面无表情，一动不动。胖女人也笑着低声说道："是的，亲爱的堂弟，对我们而言，教育好孩子比什么都重要。"她向西普里安努斯伯爵示意了一下，他立即转向赫尔曼和阿德尔贡德，向他们提出了各种各样的问题，他们以最快的速度回答了这些问题：问题涉及许多城市、河流和山川，这些地方据说都深处内陆数千里，并且拥有最奇怪的名字。同样，他俩知道如何准确描述那些生活在天涯海角的荒野地区的动物的样子。然后他们谈到罕见的灌木、树木和水果，就好像他们亲眼见过，甚至亲口尝过一样。赫尔曼十分准确地描述了三百年前的一场大战中发生的事情，并且能够说出所有在场的将军的名字。最后，阿德尔贡德甚至谈到了星星，并声称天空中有各种奇怪的动物和人物。菲利克斯变得非常害怕和担心，他走近冯·布拉克尔夫人，在她耳边轻声问道："啊，妈妈！亲爱的妈妈！他们在那里喋喋不休地说什么呢？"

"闭嘴，傻孩子。"他母亲低声说，"这就是科学！"

菲利克斯沉默了。

"太让人惊讶了，闻所未闻！小小年纪！"于是，冯·布拉克尔男爵一遍又一遍地喊道。但冯·布拉克尔夫人却叹了口气："哎呀，我的天啊！他们是怎样的天使啊！在这个荒凉的乡下，我们的孩子们会变成什么样子。"

当冯·布拉克尔男爵加入母亲的抱怨时，西普里安努斯伯爵安慰他们两人，承诺在短时间内派一位博学的人来，他将完全免费接手孩子们的课程。与此同时，那辆漂亮的马车又驶至房前。侍卫提着两个大盒子进来，阿德尔贡德和赫尔曼接过来，递给了克里斯特莉普和菲利克斯。"您喜欢玩具吗，mon cher①，我给您带来了一些最精巧的玩具。"赫尔曼说着，优雅地鞠了一躬。菲利克斯耷拉下了脑袋，变得悲伤起来，自己也不知道是为什么。

他漫不经心地把盒子拿在手里，嘟哝着："我不叫蒙舍尔②，我叫菲利克斯，也不用称呼您，而是你。"克里斯特莉普也笑得比哭还难看，虽然她收到了阿德尔贡德送的什么盒子，正散发出仿佛来自各种美丽糖果的最甜美的香味。菲利克斯的忠实朋友，他心爱的苏丹照常在门口又跳

---
① 法语，意为我亲爱的。
② 菲利克斯没有听懂，误以为对方叫错了他的名字。

陌生的孩子

又叫，但是赫尔曼非常害怕，他迅速跑回房间并开始大声哭泣。

"它不会伤害你，"菲利克斯说，"它不会伤害你，你为什么号成这样？它只不过是一只狗，你不是已经见过最可怕的动物？而且就算它想朝你扑过来，你还有一把佩剑！"菲利克斯的劝说根本无济于事，赫尔曼不停地尖叫，直到侍卫不得不把他抱起来放进马车。好似被她哥哥的痛苦所感染，或者天知道还有什么别的原因，阿德尔贡德也突然开始放声大哭，可怜的克里斯特莉普受到了刺激，她也开始呜咽哭泣。在三个孩子的尖叫声和哀号声中，西普里安努斯·冯·布拉克尔伯爵离开了布拉克尔海姆，这次尊贵的访问就这样结束了。

新玩具

西普里安努斯·冯·布拉克尔伯爵一家的马车刚下山，塔德多厄斯男爵就迅速脱下了绿色外套和红色背心，等他同样迅速地穿上宽大的棉布夹克，用宽齿梳子梳了两三下头发后，他深吸了一口气，伸了个懒腰，大声喊道："谢天谢地！"

孩子们也很快脱掉了星期天的外套，感到快乐和轻松。"去树林，去树林！"菲利克斯一边试图在空中蹦到他的最高点，一边叫道。

"你们不想先看看赫尔曼和阿德尔贡德给你们带了什么吗？"母亲这么说道。克里斯特莉普在脱衣服的时候就已经好奇地盯着盒子，她也这么认为，这之后还有足够的时间去树林。

菲利克斯很难被说服。他说："那个自命不凡的傻孩子和他那满身都是丝带的妹妹能给我们带来什么了不起的东西呢？至于科学方面，他的确滔滔不绝地讲了不少，虽然他先是喋喋不休地谈论了狮子和熊，还知道怎么捕捉大象，之后却害怕我的苏丹。腰间有一把佩剑，却只会号啕大哭、惊声尖叫，还爬到桌子底下。对我来说，他可不是个好猎人！"

"哦，亲爱的菲利克斯，就让我们把盒子打开一点点！"克里斯特莉普这样苦苦哀求，对于她的请求菲利克斯会尽其所能地满足，因此他暂时搁置了跑进树林的想法，和克里斯特莉普一起耐心地坐在摆放盒子的桌子旁。它们是由母亲打开的，但是，现在，我亲爱的读者们！在欢乐的嘉年华上或者圣诞节期间，从父母或其他亲爱的朋友们那里收到各种各样漂亮的礼物，对你们所有人来说一定是件好事。想象一下，当闪闪发亮的士兵、拿着手摇风琴的小人儿、装饰精美的娃娃、精致的器具套件、精彩纷呈的绘本等等这些堆在你们周围时，你们是如何欢呼雀跃的！如今菲利克斯和克里斯特莉普就和那时的你们一样开心，因为从盒子里取出了最可爱、最闪亮的丰盛礼物，还有各种各样的糖果，让孩子们都拍着手叫道："太棒啦！"只有一袋糖果的菲利克斯轻蔑地把它放在一边。他正想要把玻璃一样的糖果扔出窗外，克里斯特莉普请求他不要这么做。他虽然没扔，但是打开袋子扔了一些给正在摇尾乞怜的苏丹。苏丹闻了闻，然后不满地把鼻子转开了。

"你看，克里斯特莉普，"菲利克斯得意洋洋地喊道，"你看，连苏丹都不喜欢吃这令人作呕的东西。"

顺便说一句，玩具中让菲利克斯觉得最有趣的，是一个威风凛凛的猎手，如果从后面拉动他夹克里伸出的一根细线，他就会举起猎枪射击距离他三拃远的目标。其次是一个小人，旋转一个螺丝，这个小人就会鞠躬，并且弹奏竖琴。而在所有的物品中，他最喜欢的是木制镀银的一把猎枪和一把长猎刀，以及一顶漂亮的轻骑兵帽和一个弹药袋；克里斯特莉普则十分喜欢一个打扮精美的洋娃娃和一套整洁完整的家居用品。孩子们忘记了树林和田野，一直玩到夜深了才去睡觉。

新玩具在树林里发生了什么

第二天，孩子们又玩起了前一天晚上放在那里的东西，也就是说，他们把盒子拿过来，翻找出玩具，变换着样式继续玩了起来。就像昨天一样，阳光明媚而亲切地透过窗户照进来，白桦树在晨风的吹拂下低声细语，黄雀、燕雀和夜莺歌唱出最动听、最欢快的小曲。这时，菲利克斯对他的猎人、他的小矮人、他的猎枪和弹药袋感到索然无味。

"啊！"他一下子叫起来，"外面更美，来吧，克里斯特莉普！让我们去树林吧！"

克里斯特莉普刚刚给大娃娃脱了衣服，要重新给它穿上衣服，她玩得正起劲，所以不想出去，她语带恳求："亲爱的菲利克斯，我们不在这里再玩一会儿吗？"

"你知道吗，克里斯特莉普？"菲利克斯说，"我们把我们最喜欢的玩具一起带出去，我背上我的猎刀，把步枪扛在肩上，这样我看起来就像个猎人。小猎人和竖琴小人也陪着我，克里斯特莉普，你可以带上你的大娃娃和你最好的家居玩具。来吧，来吧！"

克里斯特莉普赶紧给洋娃娃穿好衣服,现在两个孩子都带着他们的玩具跑进树林,来到一片美丽的草地上。他们玩了一会儿,菲利克斯正在让小竖琴师弹奏一段,克里斯特莉普开始说道:"亲爱的菲利克斯,你知道吗,你的竖琴师弹得一点也不好听。你听听,这在树林里听起来多么难以入耳,永远是叮叮当当,鸟儿在灌木丛中好奇地注视着我们,我想它们正在密切关注着想要在这里演奏它们歌曲的愚蠢音乐家。"

菲利克斯把螺丝拧得越来越紧,最终喊了起来:"你说得对,克里斯特莉普!小家伙弹奏出来的声音听着就恶心,它只会鞠躬有什么用,那边那只燕雀眨着它狡猾的眼睛看我着实让我感到羞愧。但这家伙应该弹得更好些,应该弹得更好些!"菲利克斯继续用力拧螺丝,噼里啪啦,整个箱子碎成了上千块,站在上面的小竖琴师的手臂也掉下来摔碎了。

"啊——啊!"菲利克斯叫起来。

"哎呀,小竖琴师!"克里斯特莉普喊道。

菲利克斯看了一眼坏掉的玩具,然后说:"这是一个愚蠢的傻瓜,弹奏的音乐不悦耳,还像灯笼裤堂哥一样挤眉弄眼和鞠躬。"然后他把竖琴手远远地扔进了灌木丛的最深处,"我得表扬我的猎人,"他继续说道,"它能一个接一个地朝目标射击。"现在菲利克斯让这个小猎人反复操练。这样持续了一会儿,菲利克斯说道:"真蠢,这个小家伙只会对着靶子射击,正如爸爸所说,这绝对不是一个猎人的目标,猎人必须在森林里向鹿、狍子、野兔射击,并且一击即中。那家伙不应该再朝着靶子射击了。"说着,菲利克斯打掉了放在猎人面前的靶子。"现在开枪。"他喊道,但是无论他怎么拉那根线,小猎人的手臂都无力地悬垂着,不再举起它的步枪,也不再射击。"啊!啊!"菲利克斯叫道,"对着靶子,在屋子里,你可以射击,但是在猎人归属的森林里,你不能。你是不是也怕狗,万一有狗来,你会带着你的步枪逃跑,就像灯笼裤堂哥带着他的军刀一样!哎,你这个头脑简单的没用家伙。"说着,菲利克斯把猎人朝小竖琴师的方向也扔进了灌木丛深处。"来吧!让我们小跑一下。"他接着对克里斯特莉普说。

"哦,好的,亲爱的菲利克斯,"她回答说,"我的漂亮娃娃要和我一起跑,那会很有意思。"

菲利克斯和克里斯特莉普,他俩一人抓住洋娃娃的一只胳膊,全速穿过灌木丛跑下山,一直跑到被高高的芦苇环绕的池塘,这个池塘仍然属于塔德多厄斯·冯·布拉克尔男爵,他有时会来这里射杀野鸭。孩子们在这里站住了。

菲利克斯说:"让我们再待一会儿,我现在有枪了,谁知道我是不是能像父亲一样在芦苇丛中打中鸭子呢?"然而就在这一刻,克里斯特莉普大叫起来:"哎呀,我的洋娃娃,我的洋娃娃怎么了!"可以肯定的是,这可怜的小东西看起来糟糕至极。无论是克里斯特莉普还是菲利克斯在奔跑时都没有注意洋娃娃,以至于她的衣服完全被灌木丛撕烂了,它的两条腿断了,漂亮的蜡质小脸也几乎难辨,看上去破烂不堪。"哎呀,我的娃娃,我美丽的娃娃!"克里斯特莉普抱怨着。

"现在你看到了吧!"菲利克斯说,"那些陌生的孩子给我们带来了多么愚蠢的东西。那是一个笨手笨脚、头脑简单的特里娜①,你的洋娃娃,它甚至做不到在和我们一起奔跑的时候不被撕裂,你把它给我。"克里斯特莉普伤心地把残破的娃娃递给哥哥,在他毫不犹豫地将它扔进池塘时,还是忍不住大叫了起来:"啊,啊!"

"别难过。"菲利克斯安慰他妹妹,"不要为这个蠢家伙难过了,如果我射中一只鸭子,你就会得到最美丽的羽毛,这种羽毛只能在颜色鲜艳的翅膀上找到。"芦苇丛中传来沙沙声,菲利克斯立刻举起木枪瞄准,但立刻又放下了,若有所思地看着前方。"我自己不也是个傻孩子吗,"他轻声说道,"开枪不是得有火药和子弹吗?而我有这两

---

① Trine是女性名字Katharina的斯堪的纳维亚表达。在德语口语中,用来称呼懒惰或笨拙的人。

陌生的孩子

样东西吗？我难道能将火药装进木枪吗？这个笨木头到底有什么用？那猎刀呢？也是木头的！它既不能砍也不能刺，堂哥的军刀显然也是木头做的，所以他就算害怕苏丹也不想把它抽出来。我看出来了，灯笼裤堂哥只是在用他的玩具戏弄我，它们都徒有其表，毫无用处。"菲利克斯一边说着，一边将猎枪、猎刀，最后将弹药袋都扔进了池塘。克里斯特莉普还在为失去洋娃娃感到难过，菲利克斯也依然忿忿不平。于是他们轻手轻脚地溜回了家，当母亲问他们："孩子们，你们的玩具呢？"菲利克斯非常诚实地解释他被猎人、小竖琴师、猎枪、猎刀和弹药袋愚弄得多么厉害，克里斯特莉普被洋娃娃愚弄得多么厉害。"哎呀！"冯·布拉克尔夫人有些恼怒地叫道，"你们这些无知的孩子，你们只会糟蹋漂亮、精致的东西。"塔德多厄斯·冯·布拉克尔男爵听完菲利克斯的讲述，却明显很是愉悦，他说："让孩子们按自己的想法做吧，事实上，我真的很希望他们摆脱那些只会让他们感到困惑和害怕的奇怪玩具。"不管是冯·布拉克尔夫人还是孩子们都不知道冯·布拉克尔男爵说这些话究竟想表达什么。

陌生的孩子

菲利克斯和克里斯特莉普一大早跑到树林里。妈妈再三叮嘱他们要尽快回来，因为现在他们必须比平常待在房间的时间更长，更多地练习读写，以便他们不会在即将到来的宫廷教师面前太过丢脸，因此菲利克斯说："让我们在被允许待在外面的这一个小时里尽情地跳跃和奔跑吧！"他们立刻开始像狗和兔子一样互相追逐，不过和这个游戏一样，其他游戏也都是刚开始几秒就让他们感到厌倦和无聊。他们自己都不明白今天怎么会有那么多烦人的事情发生在他们身上。一会儿，菲利克斯的帽子被风吹进灌木丛中；一会儿，跑得好好的被绊倒，摔个嘴啃泥；一会儿，克里斯特莉普的衣服挂在了荆棘上，或者她不小心踢到一块尖利的石头而大叫。他们很快放弃了玩耍，闷闷不乐地在树林中默默走着。"那我们就悄悄回房间吧。"菲利克斯说，但他却没有再往前走，而是一头扎进一棵繁盛大树的树荫里，克里斯特莉普也依葫芦画瓢。孩子们满脸不悦地坐在那里，呆呆地盯着地面。

"唉。"克里斯特莉普终于轻声叹了口气，"要是我们还有那些漂亮的玩具就好了!"

"它们,"菲利克斯喃喃道,"它们对我们毫无用处,我们只会再次拆散并弄坏它们。听着,克里斯特莉普!妈妈的话也许是对的,玩具很好,我们只是不知道怎么玩,因为我们的科学知识匮乏。"

"哦,亲爱的菲利克斯,"克里斯特莉普喊道,"你说得对,如果我们能像穿着考究的堂哥和伯母一样牢牢记住那些科学知识,你就依然能拥有你的小猎人,你的小竖琴师,我的漂亮洋娃娃也不会躺在鸭子池塘里!我们笨手笨脚。唉,我们不懂科学!"克里斯特莉普开始伤心地抽泣,继而号啕大哭了起来,菲利克斯也加入进来,两个孩子的哀号声在树林里回荡:"我们是可怜的孩子,我们不懂科学!"但是他们突然停了下来,惊奇地问道:"你看到了吗,克里斯特莉普?""你听到了吗,菲利克斯?"从深色灌木丛的最深处,就在孩子们的对面,摇曳出一束奇妙的光,它像柔和的月光一样照耀在树叶上,树叶因欣喜而颤抖,一种甜美的声音从树林的沙沙声中传来,仿佛风轻抚过竖琴,在爱抚中唤醒打盹的和弦。孩子们感到很奇怪,所有的悲伤都离他们而去,但他们的眼中却满含热泪,因为从未体验过这样甜蜜的痛苦。随着灌木丛中的光线越来越亮,美妙的声音越来越响,孩子们的心跳加速,他们凝望着这片光明,啊!他们看到最可爱的孩子的迷人脸庞,被阳光照得透亮，在灌木丛中微笑着向他们招手。"哦，到我们这里来，到我们这里来，亲爱的孩子！"克里斯特莉普和菲利克斯都叫道，他们跳了起来，带着无以言表的渴望向这个可爱身影伸出双手。"我来了，我来了。"一个甜美的声音从灌木丛中传出，这个陌生的孩子仿佛被轻柔的晨风吹拂着，袅袅地飘到了菲利克斯和克里斯特莉普的身边。

陌生的孩子如何与菲利克斯和克里斯特莉普玩耍

"我从远处就听到了你们的哭泣和哀号。"陌生的孩子说,"真是为你们感到难过,你们怎么了,亲爱的孩子们?"

"哦,我们自己也不是很清楚,"菲利克斯回答说,"但现在对我来说,好像我们只是想念你而已。"

"没错。"克里斯特莉普插话道,"现在你和我们在一起,我们又开心了!但你为什么离开这么久?"事实上,两个孩子都觉得自己好像认识这个陌生的孩子已经很久,还和他一起玩耍过,好像他们的不快只是因为这个亲爱的玩伴不在。

"不过现在,"菲利克斯继续说道,"我们根本没有玩具。因为我是个头脑简单的孩子,昨天弄坏了灯笼裤堂哥送我的最漂亮的玩具,还把它们扔掉了,但玩我们还是得玩。"

"嘿,菲利克斯,"那个陌生的孩子大声笑着说,"你怎么能这么说。你扔掉的东西肯定不值钱,你和克里斯特莉普,你俩正置身于人们能见到的最美妙的玩具中。"

"在哪儿?在哪儿?"克里斯特莉普和菲利克斯叫道。

"看看你们的周围,"陌生的孩子说。菲利克斯和克里斯特莉普看到,各种美妙的花朵从茂密的草丛中,从毛茸茸的苔藓中探出头来,仿佛闪闪发亮的眼睛,金黄色的小虫子在晶莹的彩色石头和水晶贝壳之间上下飞舞,轻声地哼着小曲儿。

"现在我们要建一座宫殿,来帮我收集石头吧!"陌生的孩子叫道,弯下腰开始在地上堆彩色的石头。菲利克斯和克里斯特莉普一起帮忙,这个陌生的孩子知道如何巧妙地堆石头,很快高高的柱子就竖了起来,在阳光下像抛光的金属一样熠熠生辉,上面顶着一个通风的金色拱顶。这个陌生的孩子亲吻了从地里开出的花朵,它们缠绕在甜蜜的唇齿间,在迷人的爱意中交织在一起,形成了芬芳的拱门,孩子们在拱门之间欢欣跳跃,心醉神迷。陌生的孩子拍了拍他的手,宫殿的金顶嗡嗡作响——它们是金甲虫用翼盖拱成的——飞散开了,柱子也融成了涓涓流淌的西尔伯小河,五颜六色的花朵布满了河岸,它们时而好奇地凝视着它的波浪,时而摇头摆脑,倾听着它幼稚的闲言碎语。现在这个陌生的孩子摘下草叶,从树上折下小树枝,把它们散落在菲利克斯和克里斯特莉普面前。然而草叶很

陌生的孩子 185

快就变成了世间最漂亮的洋娃娃，小树枝变成了最可爱的小猎手。娃娃们围着克里斯特莉普跳舞，让自己被她抱在膝上，小声地对她耳语："对我们好一点，对我们好一点，亲爱的克里斯特莉普。"猎人们挥舞着他们的步枪，发出嘎嘎声，吹响他们的号角，喊道："你好！你好！去狩猎！去狩猎！"然后兔子们从灌木丛中跳了出来，猎狗们紧跟其后，猎人们穷追不舍，趣味盎然！一切又消失了，克里斯特莉普和菲利克斯叫道："娃娃在哪里？猎人在哪里？"

陌生的孩子说："哦！都可以给你们，只要你们愿意，他们随时都可以和你们在一起，但是你们现在不想在树林里跑一会儿吗？"

"啊，是的！啊，是的！"菲利克斯和克里斯特莉普都喊起来。然后那个陌生的孩子抓住他们的手叫道："来吧，来吧！"就这样他们跑了起来。但这根本就不能称之为奔跑！不！孩子们轻盈地低飞过树林和田野，颜色各异的小鸟在他们身边飞舞，欢快地歌唱。突然他们上升了，上升到空中。"孩子们早上好！邻居菲利克斯早上好！"路过的鹳鸟叫道。"别伤害我，别伤害我，我不会吃你们的小鸽子的！"秃鹫尖叫着，在孩子们面前的空中畏首畏尾地晃来晃去，菲利克斯大声欢呼，但克里斯特莉普变得害怕了。"我喘不上气了，哦，我要掉下去了！"她叫道。与此同时，陌生的孩子和他的玩伴一起降落下来并说道："现在我要给你们唱森林之歌作为今天的告别，我明天再来。"这时这个孩子拿出一个小圆号开始吹奏，上面的金色线圈清晰可见，好像发光的花环，他吹得那么美妙，连整个树林都神奇地回荡着可爱的曲调，夜莺也随之歌唱，仿佛在圆号的呼唤下振翅飞来，停在靠近孩子们的树枝上，歌唱它们最美妙的歌曲。但是突然间，声音越来越远，陌生的孩子消失在灌木丛中，只留下一声轻柔的耳语。"明天——明天我会回来！"呼唤声来自远方，孩子们不知道发生了什么，因为他们从来没有感受过这样的内心喜悦。"哎呀，要是已经到明天就好了。"菲利克斯和克里斯特莉普俩人说，同时他们急忙跑回家，想告诉他们的父母树林里发生的事情。

冯·布拉克尔男爵和冯·布拉克尔夫人谈论这个陌生孩子，以及这件事的后续发展

"我几乎要相信这一切都是孩子们做的梦！"塔德多厄斯·冯·布拉克尔男爵这样对他的妻子说。菲利克斯和克里斯特莉普满脑子都是那个陌生的孩子，他们不停地赞美他可爱的天性、优美的歌喉和神奇的游戏。"但我又想了想，"冯·布拉克尔男爵继续说道，"他们两个不可能同时以同样的方式做这个梦，因此最后我自己也不知道该如何看待这一切了。"

"别绞尽脑汁了，我的丈夫！"冯·布拉克尔夫人回答说，"我敢打赌，陌生的孩子不是别人，正是邻村教书先生家的戈特利布。他跑了过来，把各种疯狂的想法灌输进孩子们的脑袋里，但他以后可不能这样。"

冯·布拉克尔男爵完全不认同妻子的看法，为了进一步了解事情的实际情况，他们把菲利克斯和克里斯特莉普叫过来，要求他们准确地说出孩子的长相和穿衣打扮。外

貌方面，两个孩子一致表示，这个孩子有一张百合花般洁白的面容，玫瑰花般红润的脸颊，樱桃般艳丽的嘴唇，湛蓝的眼睛，金色的卷发，美得无法形容。不过就穿着而言，他们只知道这孩子绝对没有像教书先生家的戈特利布那样穿着蓝条纹的夹克、裤子以及戴黑色的皮帽。相反，关于这件孩子的穿着，他们所说的一切听起来都超乎寻常、难以置信。克里斯特莉普声称这个孩子穿着一条漂亮、轻盈、亮闪闪的玫瑰花瓣小裙子；而菲利克斯则说这个孩子的外套在阳光下闪耀着明亮的金绿色，好像春天的树叶。菲利克斯继续说，这孩子不可能属于任何一个教书先生家庭，因为这个男孩太擅长打猎了，他肯定来自对于森林和狩猎满怀热情的地方，并且会成为最厉害的猎人。

"嘿，菲利克斯，"克里斯特莉普打断他道，"你怎么能说这个小女孩应该成为猎人呢？她可能很会打猎，但肯定更会管理家政，否则她不会给娃娃们装扮这么漂亮的衣服，准备这么精致的碗！"

所以菲利克斯认为这个孩子是个男孩，而克里斯特莉普声称这是一个女孩，双方对此各执一词。

冯·布拉克尔夫人说："和孩子们一起被这种蠢事困扰不值得。"

冯·布拉克尔男爵持不同观点，他说："我本来可以跟着孩子们走进树林，留神听听是什么奇怪的神童和他们

陌生的孩子　189

一起玩耍，但我觉得这样做会破坏孩子们的欢乐，所以我不想这样做。"

另一天，当菲利克斯和克里斯特莉普按照往常的时间跑进树林时，那个陌生的孩子已经在等着他们了，昨天他发起一些精彩的游戏，今天他造出精彩绝伦的奇迹，让菲利克斯和克里斯特莉普心醉神迷，他们满心喜悦地轮番欢呼。有趣又奇妙的是，这个陌生的孩子在玩耍时会优雅而巧妙地与大树、灌木、花朵和林间溪流交谈。它们回答得那么清晰，连菲利克斯和克里斯特莉普也都听明白了。这个陌生的孩子向桤木丛喊道："你们这些话多的人，又在窃窃私语什么呢？"

树枝摇晃得更加厉害，它们笑着簌簌作声："哈——哈哈——我们为朋友晨风今天带给我们的美好事物欢欣鼓舞，当他从阳光前的蓝色山脉呼啸而来时。他给我们带来了一千个来自金色女王的问候和亲吻，还有力拍打了几下翅膀，送来甜美的香气。"

"哦，闭嘴，"花朵打断了灌木丛的喋喋不休，"哦，别再说那个轻浮的家伙，就会吹嘘他虚假的爱抚从我们身上诱出香气。孩子们，让灌木丛低声细语吧，你们看看我们，听我们说，我们太爱你们了，日复一日地用最美丽、最鲜艳的颜色打扮自己，只为了能够真正取悦你们。"

"难道我们不也爱你们吗，可爱的花朵？"陌生的孩子如此说道。

但克里斯特莉普跪在地上,张开双臂,仿佛她想拥抱所有在她周围萌发的美丽花朵:"哦,我爱你们所有人!"

菲利克斯说:"我也喜欢你们,穿着闪亮的衣服,你们这些花朵,但我还是喜欢绿色植物——灌木丛、大树、森林。它们必须保护你们,为你们遮风挡雨,你们这些五颜六色的小孩子!"

这时,高大的黑杉树间传来一阵喧哗:"说得对,能干的孩子,暴风雨来临时,我们跟这粗鲁的家伙吵得有点凶,你不必惧怕我们。"

"嘿,"菲利克斯叫道,"尽情地发出吱嘎声、悲吟声和呼啸声,你们这些绿色巨人,然后干练猎人的心房就会真正敞开。"

"你说得很对,"林间溪流低喃耳语,"你说得很对,但是不停地追逐,不停地在暴风雨和狂野的呼啸下奔跑有什么意义呢?来吧!坐在苔藓上听我说。我从遥远的地方、从深不见底的坑洞来到这里,我想给你们讲美丽的童话故事,总有一些新鲜的事情,随着波浪一直延续下去。我会给你们展现最美丽的画面,你们看看我闪亮的镜面里,那有明亮清澈的蔚蓝天空、金色的云彩、灌木丛、鲜花和森林、你们自己,你们这些可爱的孩子,我深情地把你们揽入我的怀抱!"

"菲利克斯，克里斯特莉普，"陌生的孩子说，用奇妙的甜蜜眼神环顾四周，"菲利克斯，克里斯特莉普，哦，听到了吧，大家是多么爱我们。但是夕阳已经从山后升起，夜莺在呼唤我回家。"

"哦，让我们再飞一会儿吧！"菲利克斯恳求道。

"但不要飞得太高，这让我非常头晕，"克里斯特莉普说。然后，就像昨天一样，陌生的孩子牵着菲利克斯和克里斯特莉普他们的手，现在他们徜徉在夕阳的金紫色中，五颜六色的鸟儿欢快地聚集起来，在他们的周围喧嚣不已——那是欢呼和赞叹！在闪闪发光的云彩中，就像在汹涌的火焰中，菲利克斯看到了最宏伟的城堡，满是纯红宝石和其他闪亮的宝石。"看啊！看！克里斯特莉普，"他惊喜地叫道，"那些宏伟的，宏伟的房子，让我们勇敢地飞吧，我们肯定会到达那里。"克里斯特莉普也注意到了那些城堡，她忘记了所有的恐惧，不再往下看，而是目不转睛地注视着远处。"那些是我亲爱的空中楼阁，"陌生的孩子说，"但我们今天去不了那里！"菲利克斯和克里斯特莉普就像在梦中一样，他们自己也不知道怎么会突然出现在家里，和父母在一起。

关于陌生孩子的家乡

在树林最迷人的地方，沙沙作响的灌木丛之间，离小溪不远，这个陌生的孩子用高大纤细的百合、热情奔放的玫瑰和五彩缤纷的郁金香搭建了一个极其宏伟的帐篷。在这个帐篷下，菲利克斯、克里斯特莉普和陌生的孩子坐在一起，聆听林间小溪喋喋不休地说着各种奇怪的事情。"我实在是不明白，"菲利克斯开始说，"它在下面说什么，我亲爱的、亲爱的男孩，你要是告诉我它刚才含糊不清地嘟囔的一切，就太好了。不管怎样，我想问问你，你来自哪里？我们每次都不知道你是怎么出现的，你消失得那么快是去了哪里？"

"你知道吗，亲爱的女孩？"克里斯特莉普插话道，"妈妈认为你是教书先生家的戈特利布？"

"别提这愚蠢的事情！"菲利克斯叫道，"妈妈从来没有见过这个可爱的小伙子，否则她不会提到教书先生家的戈特利布。但是现在快告诉我，亲爱的男孩，你住在哪里？这样我们冬天也可以去你家，冬天的时候风雪交加，树林里找不到路。"

"哦，是的！"克里斯特莉普说，"现在你必须告诉我们你的家在哪里？你的父母是谁？关键是你叫什么名字？"

陌生的孩子非常严肃地，几乎是悲伤地看着前方，深深地叹了口气，在沉默了片刻之后，开始说道："哦，亲爱的孩子们，你们为什么要问起我的家乡？我天天来找你们，陪你们玩还不够吗？我可以告诉你们，我的家在蓝色山峰的后面，它看起来像波纹般参差不齐的雾云，但如果你们想日复一日地不停地跑，等到你们站到了山上，你们会看到远处有一座新的山峰，你们必须在它后面寻找我的家乡。当你们又到达这座山峰时，你们会再次看到一座新山，就这样一直持续下去，你们永远不会到达我的家乡。"

"啊！"克里斯特莉普泪流满面地叫起来，"啊！所以你住在离我们几百英里的地方，只是来我们这里做客的？"

"你看，亲爱的克里斯特莉普！"陌生的孩子继续说，"如果你真的想我，我马上就来到你身边，把我家乡所有的游戏、所有的神通都带给你，这不就和我们在我的家乡坐在一起玩一样棒吗？"

"那可能并不一样，"菲利克斯说，"因为我觉得你的家乡一定是一个十分美妙的地方，满是你带给我们的美好物品。可能你设想去那里的旅程很艰难。但只要我愿意，我就能立刻出发。漫步在森林中，走在杂草丛生的荒野小路上，攀登高山，涉过溪流，翻越陡峭险峻的岩石和荆棘丛生的灌木丛，这就是猎手要做的事——我会去做的。"

"你会去做的。"陌生的孩子高兴地笑着说，"当你真正下定决心去做时，就好像你已经真正做到了一样。我生活的国度确实如此美丽和辉煌，我甚至无法用言语描述它。是我的母亲以女王的身份统治着这个充满辉煌和华彩的王国。"

"原来你是一位王子！"

"原来你是一位公主！"

菲利克斯和克里斯特莉普同时惊奇地、几近震惊地双双喊道。

"当然。"陌生的孩子说。

"所以你住在一座美丽的宫殿里?！"菲利克斯进一步问道。

"是的。"陌生的孩子回答道，"我母亲的宫殿比你在云端看到的那些闪闪发光的城堡更漂亮，因为它细长的柱子由纯水晶制成，直插云霄，蓝天仿佛覆盖其上的宽阔穹顶。在这之下，耀眼的云彩带着金色的羽翼上下翻飞，绯红的朝霞和落日的余辉起起落落，闪烁的星星叮当作响地围成一圈翩翩起舞。亲爱的玩伴们，你们可能已经对仙女有所耳闻，她们不是普通人，可以召唤出最神妙的奇迹，你们可能已经发现，我的母亲，她是一个仙女。是的！的确如此，而且是最强大的一个。她用真挚的爱意关怀这片土地上生存的一切，而对于她内心的痛苦，许多人却根本不想了解。最重要的是，我的母亲爱孩子，这就是为什么在她的王国里她为孩子们准备的节日是最美、最热闹的。如果凑巧便能碰上来自我母亲宫廷的优雅精灵在云层中肆意穿梭飞舞。从宫殿的一端到另一端横亘着一条彩虹，闪耀着最绚丽的色彩。在那之下，它们用钻石建造了我母亲的宝座，然而这些钻石看起来和闻起来像百合花、康乃馨和玫瑰一样妙不可言。我母亲一登上王位，精灵们就开始抚弄它们的金色竖琴、水晶钹，我母亲的宫廷歌手也一展它美妙的歌喉，简直让人想在这甜蜜的欢愉中沉沦。这些歌手其实是美丽的鸟儿，它们比老鹰还大，全身都是紫色的羽毛，你们可能以前从未见过。然而只要音乐一响起，宫殿里、森林里、花园里的一切都变得热闹而生机勃勃。数以千计穿戴整洁的孩子们在周围嬉戏玩耍、欢呼雀跃。他们时而在灌木丛中相互追逐，打趣地互洒花瓣；时而爬上纤细的小树，任由清风摇曳；时而采摘金灿灿的果实，那要比世上任何东西都甜美可口；时而逗弄温顺的小鹿，还有从灌木丛中跳出来迎接他们的其他美丽动物；时而大胆地在彩虹上跑来跑去，或者甚至像勇敢的骑手一样，骑上美丽的锦鸡，在熠熠发光的云层中随着它们一起荡秋千。"

"啊！那一定很棒。啊！带我们一起去你的家乡，我们想永远待在那里!"于是菲利克斯和克里斯特莉普满心喜悦地叫了起来。

但陌生的孩子却说:"我真的不能带你们回家,太远了,你们必须像我一样飞得很好,并且不能停歇。"菲利克斯和克里斯特莉普变得非常难过,一言不发地低头看着地面。

仙后宫廷里的恶臣

"其实,"陌生的孩子继续说,"其实你们在我的家乡也许不会过得很愉快,不会如你们根据我的讲述所想象的那样愉快。是的,待在那里对你们来说甚至可能是致命的。无论紫红色鸟儿的歌声是多么美妙,有些孩子都无法忍受,甚至会心碎而死;另一些则胆子太大,他们在彩虹上奔跑,结果滑倒坠落;还有一些孩子甚至在最佳飞行状态下愚蠢到伤害载着他们的锦鸡。这种平时温和的鸟儿就会为此而生气,用锋利的喙撕开愚蠢孩子的胸膛,让他们满身是血地从云层里掉下来。我母亲十分忧心,在孩子们由于她的过错发生这些事故时,她非常希望世上所有的孩子都能享受她王国的快乐,即使有不少人能飞得很好,但他们后来要么太胆大,要么太胆小,给她带来的只有担忧和惧怕。正是出于这个原因,她允许我从我家飞出去,为能干的孩子带去各种漂亮的玩具,就像我对你们所做的那样。"

"哎呀!"克里斯特莉普叫道,"我是不会伤害美丽的鸟儿的,但我不想在彩虹上奔跑。"

"那是,"菲利克斯打断了她,"那是我想做的事,正因为如此我想见你的女王母亲。你就不能带一次彩虹来吗?"

"不行。"陌生的孩子回答说,"那是不可能的,我必须得告诉你,我只能偷偷溜出来找你们。原本我在哪儿都是安全的,就好像在我母亲身边一样,就好像在她遍布四方的美丽王国里。但是我母亲有个死敌,曾被她驱逐出她的王国。如今此人疯狂地卷土重来,我就一直被跟踪。"

"现在,"菲利克斯跳起来喊道,挥舞着他自己削制的荆棘棍,"现在我倒想看看这个要害你的人。他得首先对付我,因为我会向爸爸求助,爸爸会让人把那个家伙抓起来关进钟楼里。"

"哦,"陌生的孩子回答说,"在我的家乡,这个邪恶的敌人很难伤害到我,但是只要在外面他对我来说就很危险,他真的非常强大,对抗他无论是棍子还是钟楼都无济于事。"

"是什么家伙这么令人生厌,能让你如此害怕?"克里斯特莉普问道。

"我跟你们说过,"陌生的孩子开始说,"我的母亲是一位强大的女王,你知道女王和国王一样,身边都有宫廷和大臣们。"

"是的。"菲利克斯说,"伯爵伯父就是这样一位大臣,他的胸前戴着一颗星。你母亲的大臣们也戴着熠熠发光的星星吗？"

"不，"陌生的孩子回答说，"它们不是那样，因为它们中的大部分本身就是闪闪发光的星辰，而其他一些则根本不穿任何能让它们佩戴物品的外套。我只能说，我母亲所有的大臣都是强大的灵体，它们有的飘浮在空中，有的飘摇在火焰中，有的居住在水里，在各处执行着母亲的指令。很久以前，一个陌生的精灵来到我们身边，他自称为佩帕西里奥，并声称自己是一位伟大的学者，能力超群，比其他任何人的知识都要渊博。我的母亲接纳他成为大臣中的一员，但很快他内心的恶意越来越多。除了他力图破坏其他大臣所做的一切之外，他还特别想恶意破坏孩子们的欢乐庆祝。他向女王假装他真的想让孩子们快乐和聪慧，但他却在锦鸡的尾巴上挂上重物，使它们无法飞翔，当孩子们爬上玫瑰花丛时，他扯住他们的腿，让他们跌得头破血流，他强迫那些想尽情奔跑跳跃的孩子们四肢着地，低头爬行。他把各种有害的东西塞进歌手的喙里，让它们不能歌唱，因为他受不了歌声。他想吃掉那些可怜温顺的小动物，而不是和它们玩耍，因为他认为它们的下场本该如此。但最可恶的是，在他的同伙的帮助下，他用令人作呕的黑色汁液覆盖住宫殿中光彩夺目的绚丽珠宝、五彩缤纷的花朵——玫瑰和百合花丛，甚至是闪闪发光的彩虹，害得所有的辉煌都消失了，只剩一派死气沉沉的凄凉景象。当他做完这些，突然狂笑起来，尖声叫嚣着现在的一切才是如他所描述该有的样子。当他最终宣布不承认我的母亲为女王，而要由他一个人来统治时，他变成了一只巨大的苍蝇，眼睛闪烁、顶着尖锐的长鼻，发出可恶的嗡嗡声和嘶吼，飞上了我母亲的宝座。这时她才和其他人一样认出，那个以佩帕西里奥这个美丽的名字潜入的恶毒大臣，正是阴郁暴躁的侏儒国王佩普瑟。但是这个蠢货高估了他同伙们的力量和勇气。风部的大臣们围着女王，为她扇动芬芳的香气，火部的大臣们则用火焰波浪上下扫荡，而歌手们则用洁白无瑕的喙，吟唱最动听的歌，没让女王看到、听到丑陋的佩普瑟，也没有感觉到他有毒的恶臭气息。就在这时，锦鸡亲王也用发光的喙抓住了邪恶的佩普瑟，猛烈地挤压他，以至于他因愤怒和痛苦而放声尖叫，然后让他从三千肘尺①的高处跌落在地。他完全动弹不得，直到他的姨妈，也就是那只大蓝蟾蜍，循着他疯狂的尖叫爬过来，把他背在背上，拖回家。佩普瑟的丑陋同伙们依然蜂拥而至，想要破坏美丽的花朵。五百个快乐勇敢的孩子用他们得到的强力苍蝇拍，拍死了它们。佩普瑟一离开，他覆盖在所有事物上的黑色汁液就自行融化了，很快一切都重新绽放、闪耀、光芒四射，一如往昔。或许你们

---

① 从中指指尖到手肘的前臂长度，约为43~56厘米。

会觉得,可恶的佩普瑟在我母亲的王国已经无能为力了。可他知道我经常冒险出去,因此会幻化成各种形态不停地跟踪我,让可怜的我经常在逃离的时候无处可躲,这就是为什么,亲爱的玩伴们,我经常迅速地逃脱,而你们都没有觉察到我去了哪里,我必须维持这样的做法。我可以告诉你们,如果我和你们一起回到我的家园,佩普瑟肯定会发现我们并且杀死我们。"

克里斯特莉普为陌生的孩子始终处于危险之中而痛哭不已,菲利克斯却说:"如果那个可恶的佩普瑟只不过是一只大苍蝇,那我就用爸爸的大苍蝇拍拍打它。要是我狠狠地拍在它鼻子上,蟾蜍姨妈就可以把它拖回家了。"

宫廷教师如何到达以及孩子们对他的惧怕

菲利克斯和克里斯特莉普纵身跃起往家冲,一路不停地喊着:"啊,陌生的孩子是一位美丽的王子!啊,陌生的孩子是一位美丽的公主!"

他们想把这件振奋人心的事情告诉父母,但他们在前门停了下来,好似僵成了一尊雕像。塔德多厄斯·冯·布拉克尔男爵正迎面走来,身边站着一个奇怪的陌生男人,这个男人几不可闻地低声嘀咕:"真不像话!"

"这是宫廷教师先生。"冯·布拉克尔男爵拉着那人的手说道,"是你们仁慈的伯父派来的宫廷教师先生。乖乖地向他问好!"

但是孩子们从侧面看着这个男人,完全无法动弹。因为他们从未见过长相如此奇怪的人物。这个男人可能比菲利克斯高不过半个头,但他很结实;非常强壮、宽阔的身体上吊着两条小而细的蜘蛛腿,显得十分怪异。畸形的脑袋几乎是方形的,脸实在太丑了,因为除了太长的尖鼻子与肥肥的棕红色脸颊和宽大的嘴巴不相称之外，小玻璃球似的突出眼珠也闪着晦暗的光，让人们根本不想看他。顺带一提，男人四方的头上戴着一顶漆黑的假发，从头到脚也是一身漆黑，他被称作"廷特导师"。

看到孩子们一动不动，布拉克尔的妻子生气了，她大声喊道："天啊！孩子们，这是在做什么？导师会把你们当成完全没有教养的农家孩子。去！把你们的手给导师！"

孩子们鼓起勇气，按照母亲的吩咐去做，但当导师握住他们的手时，他们跳了起来，大声喊道："哦，疼，哦，疼！"他们缩回了手。导师放声大笑，他展示了偷偷藏在手里的一根针，当孩子们和他握手时，他用这根针刺了他们。克里斯特莉普哭了，但菲利克斯从一旁对着导师咆哮道："你再试一次看看，小胖肚子。"

"您为什么这么做，亲爱的廷特导师？"冯·布拉克尔男爵有点生气地问道。

这位导师回答道："这只是我的方式，而且我乐此不疲。"当他这样做的时候，他两手叉腰，不停地笑，笑到最后声音听起来像破锣一样令人生厌。

"亲爱的廷特导师，您似乎是个爱开玩笑的人。"冯·布拉克尔男爵说，但他和冯·布拉克尔夫人，尤其是孩子们，都觉得导师的行为匪夷所思。

"好吧，好吧，"这位导师叫道，"小家伙们怎么样，有没有认真地学习科学知识？让我们现在就来看一看。"说完，他开始询问菲利克斯和克里斯特莉普，就像伯爵伯父问他的孩子们一样。但是，当他俩都坦言他们还不能完全记下这些科学知识时，廷特导师双手举过头顶击了个掌，然后疯狂地叫道："那很好！不懂科学。有事做了！不过我们会完成的！"

菲利克斯和克里斯特莉普一样，都写得一手好字，他们还认真阅读了冯·布拉克尔男爵给他们的一些旧书，知道讲其中一些好听的故事，不过廷特导师对这些毫不在意，反而认为这些都很愚蠢。唉！现在再也没有跑进树林的想法了！相反，孩子们几乎一整天都不得不坐在四壁之间，鹦鹉学舌一般地向廷特导师重复他们理解不了的话。真是令人心痛！他们用无比渴望的眼神望向树林！在鸟儿欢快的歌声中，在树木的沙沙声中，他们常常觉得自己好像听到了陌生孩子甜美的声音："你们在哪里？菲利克斯，克里斯特莉普，亲爱的孩子们！你们究竟在哪里？你们是不想再和我玩了吗？来吧！我已经为你们建造了一座美丽的鲜花宫殿，让我们置身其中，我会送给你们最美丽、色彩最为缤纷的宝石，然后我们会飞上云端，自己建造熠熠生辉的空中花园！来吧！快来吧！"如此一来，孩子们所有的思绪都被吸引到了树林里，对导师已经视而不见、听而不闻。他因此变得非常生气，双拳砸在桌子上，哼哼唧唧、吱吱嘎嘎地咕哝着："砰——嘶——噗——咕——噜——咯——什么情况！注意点！"

然而菲利克斯并没有坚持多久，他跳起来叫道："让我如你所说地愚蠢下去吧，廷特导师先生，我想去树林里，你去找灯笼裤堂哥，这些正适合他！走啊，克里斯特莉普，陌生的孩子已经在等我们了。"

孩子们行动起来，但廷特导师以非凡的敏捷跳起来，在大门前堵住了孩子们。菲利克斯英勇反击。因为菲利克斯忠心耿耿的苏丹赶来相助，廷特导师眼看就要被打败了。苏丹本来是一条温顺有礼的狗，却从一开始就对廷特导师表现出明显的厌恶。只要后者一靠近它，它就会低声吼叫，猛烈地四处甩动尾巴。尾巴会碰巧打在导师细细的小腿上，差点把他撞倒。导师正按着菲利克斯双肩，苏丹一跃而起，毫不客气地紧紧抓住他的衣领。廷特导师发出一声凄厉的惨叫，塔德多厄斯·冯·布拉克尔男爵迅速冲了过去。导师放开了菲利克斯，苏丹也放开了导师。

"呜，我们不能再去森林了。"泪流满面的克里斯特莉普哭诉道。尽管冯·布拉克尔男爵狠狠责骂了菲利克斯，但他也为孩子们再也不可以在田野和树林中游玩而感到难过。他要求廷特导师每天必须带孩子们去树林里。这对导师来说很难。

"要是您家里，冯·布拉克尔男爵，"他说，"有一个带黄杨树和篱笆的漂亮花园就好了,这样就可以在中午时分带孩子们去散步,那还需要我们去野外的树林里做什么呢?"

孩子们也很不满,他们说道:"廷特导师会在我们心爱的树林里对我们做什么?"

孩子们如何与廷特导师一起去树林散步以及那里发生了什么

"怎么了？你不喜欢待在我们的树林里吗，导师先生？"菲利克斯在穿过沙沙作响的灌木丛时这样问廷特导师。

廷特导师板着脸喊道："蠢货，这里没有像样的道路，只会撕破袜子。在这些愚蠢的鸟儿难听的尖叫声中根本无法说出一句明智的话。"

"哈哈，导师先生，"菲利克斯说，"我看得出来，你听不懂歌声，可能也完全听不到晨风与灌木丛闲聊，古老的林间溪流讲述美丽的童话故事。"

"而且，"克里斯特莉普打断菲利克斯，"告诉我，导师先生，你也不喜欢花吧？"

然后导师先生的脸涨得比他天生的还要紫，他双手抱胸，异常愤怒地喊道："你们在说什么愚蠢的事情？谁把这些蠢事灌输到你们脑袋里的？你们不懂，树林和溪流会肆无忌惮地干扰理性的对话，而鸟儿的歌声也一无是处；

当花被精细地栽在花盆里，婷婷玉立在房间里时，我是喜欢它们的。它们散发香气，人们可以节省香料。不过树林里根本没有花。"

"但是导师先生，"克里斯特莉普叫道，"你没看到可爱的小铃兰正用明亮友好的眼睛看着你吗？"

"什么什么？"导师大声喊道，"花？眼睛？哈哈哈，美丽的眼睛，美丽的眼睛！这些一无是处的东西根本没有任何味道！"说着，廷特导师弯下腰，连根拔起一大把铃兰，把它们扔进了灌木丛里。在孩子们看来，仿佛在那一刻，树林里传来一声凄厉的哀号。克里斯特莉普痛哭流涕，愤愤不平的菲利克斯咬牙切齿。这时，一只小黄雀紧挨着廷特导师的鼻子扑扇着翅膀，然后蹲在树枝上，唱起了欢快的小曲。

"我认为，"廷特导师说，"我认为这是一只知更鸟？"说着他从地上捡起一块石头，扔向黄雀，并且打中了那只可怜的鸟，它从绿色的树枝上掉落下来摔死了。

现在菲利克斯再也无法忍受了。"嘿，你这个令人作呕的廷特导师，"他气愤地喊道，"这只可怜的鸟儿对你做了什么，你要把它砸死？哦，你究竟在哪儿呢？可爱的异乡孩子，快来吧！让我们飞得很远很远，我不想再和这个讨厌的人在一起了；我想去你的家乡！"

克里斯特莉普哽咽和抽泣着附和道："哦，亲爱的可

陌生的孩子　209

爱的孩子,快来吧,快到我们这儿来。啊!啊!救救我们,救救我们,廷特导师就像对待花鸟一样要置我们于死地!"

"那个陌生的孩子是怎么回事?"导师叫道。但就在此时,灌木丛中的沙沙声越来越响,在这沙沙声中,响起忧伤而令人心碎的声音,仿佛远方敲响的沉闷钟声。在一朵闪亮的云彩中,那个异乡孩子的可爱脸庞变得清晰可见,然后他完全浮现出来,但他攥紧了小手,泪水像闪闪发光的珍珠一样,顺着红润的脸颊从他可爱的眼睛里滑落。

"啊!"陌生的孩子哭着说,"啊!亲爱的玩伴们,我不能再去找你们了,你们不会再见到我了,永别了!永别了!侏儒佩普瑟已经逮住了你们,哦,可怜的孩子们,永别了,永别了!"就这样,陌生的孩子腾空而起。但孩子们的身后却传来了哼哼唧唧、吱吱嘎嘎的声音,令人毛骨悚然。廷特导师化作了一只面目狰狞的大苍蝇,而且令人作呕的是他还保留了一张人脸,甚至还有身上的衣服。他缓慢而笨拙地飘浮了起来,显然是为了追陌生的孩子。菲利克斯和克里斯特莉普惊恐地逃离了树林。到了草地上他们才敢抬起头。他们注意到云层中有一个闪光点,像星星一样闪烁,仿佛要飘落下来。"那是陌生的孩子。"克里斯特莉普叫道。星星变得越来越大,同时他们听到了一个声响,犹如高昂的喇叭声。很快他们就看清了,那颗星星是

廷特导师化身苍蝇

但孩子们的身后却传来了哼哼唧唧、吱吱嘎嘎的声音,令人毛骨悚然。廷特导师化作了一只面目狰狞的大苍蝇,而且令人作呕的是他还保留了一张人脸,甚至身上的衣服。他缓慢而笨拙地飘浮了起来,显然是为了追那个陌生的孩子。

一只引人注目的鸟儿，金光闪闪的羽毛熠熠发光，它拍打着有力的翅膀，一路高歌着向树林俯冲而下。"哈，"菲利克斯大叫道，"那是锦鸡亲王，他咬死了廷特导师。哈哈，陌生的孩子安全了，我们也安全了！走，克里斯特莉普，让我们赶紧回家告诉爸爸发生了什么。"

冯·布拉克尔男爵
是如何赶走廷特导师的

冯·布拉克尔男爵和冯·布拉克尔夫人坐在自家小屋的门前,眺望着蓝色山峰后面已经开始泛着金光的落日余晖。他们面前的一张小桌子上摆着晚饭,只有一大盅美味的牛奶和一碗黄油面包。"也不知道,"冯·布拉克尔先生开口道,"也不知道廷特导师带着孩子们这么长时间跑到哪儿去了。起初他把自己关着,根本不想进入树林,如今又完全不想出来了。总的来说,廷特导师真是非常奇怪,在我看来,如果他完全远离我们会更好。我不喜欢他一开始就如此阴险地刺伤孩子们,他的学识也许并没有那么渊博。虽然他喋喋不休地说着各种奇怪的词和不知所云的东西,知道莫卧儿王朝的统治者穿什么样的护腿,然而他却分不清椴树和栗树,而且常常表现得相当愚蠢和令人反感。孩子们不可能对他有任何尊重。"

"我的感觉,"冯·布拉克尔夫人回答说,"我的感觉和你一样,我亲爱的丈夫!尽管我很高兴堂兄愿意照拂我们的孩子，但我现在确信，这本可以用其他更好的方式实现，而不是派廷特导师来我们这儿。他对科学知识的了解到底有多少，我不知道，但可以肯定的是那个长着细细小腿的又矮又黑又胖的男人让我越来越厌恶了。尤其可恶的是，导师居然十分贪吃。但凡眼见有剩余的啤酒或牛奶，他必去大快朵颐；如果现在他注意到了敞开的糖盒，他会立刻上手，对那些糖果又嗅又舔，直到我在他面前把盖子盖上；然后他就起身离开，生气地发出非常奇怪和讨厌的咕哝声和嗡嗡声。"

冯·布拉克尔男爵正想继续这个话题，这时菲利克斯和克里斯特莉普快步跑出了白桦林。"哦耶！哦耶！"菲利克斯不停地喊道，"哦耶，哦耶！锦鸡亲王咬死了廷特导师！"

"啊——啊——妈妈，"克里斯特莉普气喘吁吁地喊道，"啊，廷特导师先生不是导师先生，而是侏儒王佩普瑟，实际上是一个戴着假发、穿着鞋袜的丑陋无比的大苍蝇。"

父母大吃一惊，两个孩子无比激动和兴奋，他们语无伦次地讲述陌生的孩子，他的母亲仙女女王，侏儒王佩普瑟，锦鸡亲王与他的战斗。

"谁让你们有了这些疯狂的想法，你们是梦到的还是发生了什么事情？"冯·布拉克尔先生一遍又一遍地问他

陌生的孩子 215

们；但孩子们坚持认为一切都按照他们所说的发生了，而那个冒充廷特导师的丑恶的佩普瑟一定死在树林里了。

冯·布拉克尔夫人双手合十举过头顶，非常悲伤地喊道："哦，孩子们，孩子们，如果这些可怕的事情出现在你们的脑海里，而你们又不想说出来，你们会变成什么样子？"

但是冯·布拉克尔男爵陷入沉思，变得非常严肃。"菲利克斯，你现在是一个非常懂事的小伙子，所以我可以告诉你，从一开始我就觉得廷特导师非常奇怪、不同寻常。是的，我常常觉得他有一些特别之处，而且他一点也不像其他导师。除此以外！我和你母亲一样，我俩都对廷特导师不是很满意，尤其是你母亲，因为他爱吃甜食，会凑上去闻所有的甜食，同时发出难听的咕哝和嗡嗡声，因此他可能不会在我们家待很长时间。但是现在，亲爱的小伙子，想想看，就算这个世界上有侏儒这种可恶的东西存在，你觉得导师先生会是一只苍蝇吗？"菲利克斯用清澈湛蓝的眸子认真地注视着冯·布拉克尔男爵的脸。冯·布拉克尔男爵重复了一遍问题："你说，我的孩子！导师先生会不会是一只苍蝇？"

菲利克斯开口道："我以前从没有这样想过，要不是陌生的孩子告诉我，我也亲眼所见，那个佩普瑟就是一只丑恶的苍蝇，只是在冒充廷特导师，我可能也不会相信。"

这时，冯·布拉克尔男爵默默地摇了摇头，就像一个惊讶得不知道该说什么的人。菲利克斯继续说道："你说，廷特导师先生有一次不是亲口告诉你他是一只苍蝇吗？我亲耳听到，他不是在门前告诉你，他在学校是一只活泼的苍蝇吗？好吧，我认为江山易改，本性难移。而且，正如母亲所说，廷特导师是个爱吃甜食的人，只要是甜的东西他都会闻一闻。父亲！这一点是不是和苍蝇别无二致？还有讨厌的嗡嗡声和咕哝声。"

"住口，"冯·布拉克尔男爵非常生气地呵斥道，"廷特导师愿意是什么就是什么吧！但可以肯定的是，锦鸡亲王没有咬死他，因为他刚从树林里出来！"听到这话，孩子们大叫着逃进了屋子。的确，廷特导师从白桦林小道走来，但是他衣衫不整，眼神闪烁，假发蓬乱，发出令人厌恶的嗡嗡声和咕哝声，他从一边跳到另一边，用头撞树，发出噼啪声。到了近前，他立刻扑进奶盅里粗鲁地吮吸，牛奶都溢了出来。

"天啊！廷特导师，您这是在做什么？"冯·布拉克尔夫人惊呼道。

"您疯了吗，导师先生？您是邪祟上身了吗？"冯·布拉克尔男爵喊道。

但是导师充耳不闻，他离开奶盅，坐在黄油面包上，抖动他的上衣后摆，用他纤细的小腿熟练地拂过后摆，把

陌生的孩子　217

它们抹平并且折起来。然后,他哼得更厉害了,摇摇晃晃地靠在门上,但他找不到进屋的路,就好像喝醉了似的来回摇晃,撞在窗户上,把窗户撞得咯咯作响。

"嘿,你这家伙,"冯·布拉克尔男爵喊道,"瞎胡闹什么!等着瞧,你会感到恶心的。"他想抓住导师的上衣后摆,但导师巧妙地避开了。这时菲利克斯手里拿着大苍蝇拍从屋里跳了出来,递给父亲。"拿着父亲,拿着,"他喊道,"拍死他,丑陋的佩普瑟。"

冯·布拉克尔男爵居然真的抓起了苍蝇拍,追在导师先生后面。菲利克斯、克里斯特莉普、冯·布拉克尔夫人从桌上拿起餐巾在空中挥舞,来回驱赶这个导师。而冯·布拉克尔男爵则不停地拍打他,遗憾的是都没有打中,因为导师一刻也不停留。这场疯狂的捕猎变得越来越混乱,嗡——嗡——嘶——嘶——唧——唧,导师左冲右撞,噼里啪啦,冯·布拉克尔男爵的拍打如冰雹般落下,呼哧——呼哧,菲利克斯、克里斯特莉普以及冯·布拉克尔夫人对这个敌人围追堵截。终于冯·布拉克尔男爵成功命中了导师的衣摆,他呻吟着倒在地上;可就在冯·布拉克尔男爵要第二次击中他的时候,他猛地用双倍的力气腾空而起,一路狂奔冲进了白桦林,再也没有出现。"幸好我们摆脱了这个危险的廷特导师,"冯·布拉克尔男爵说,"他应该不会再踏进我们家的门槛了。"

"是的,他应该不会了,"冯·布拉克尔夫人插话道,"如此品行恶劣的宫廷教师只会招致灾祸,而他们本应该为人师表。吹嘘自己的学识,还跳进奶缸里!亏我还称他是优秀的导师!"

孩子们却欢呼雀跃地喊道:"爸爸用苍蝇拍打中廷特导师的鼻子,把他打跑了!噢耶,噢耶!"

廷特导师被赶走后，树林里发生了什么

菲利克斯和克里斯特莉普松了口气，仿佛卸下了压在心头的沉重负担。最重要的是，他们认为既然丑陋的佩普瑟已经逃走，那陌生的孩子肯定会像以前一样回来和他们一起玩。满怀幸福的希冀他们走进了树林，但林中一片寂静和荒凉，听不到燕雀和黄雀欢快的歌声，没有灌木丛愉快的沙沙声，也没有林间溪流欢快的流淌声，空气中弥漫着不安的叹息，只有太阳透过阴沉的天空投下微弱的光芒。乌云很快聚集起来，狂风大作，远处雷声怒吼，高大的杉树轰隆作响。克里斯特莉普浑身战栗，胆怯地紧紧挨着菲利克斯。然而他却说："你怎么这么害怕，克里斯特莉普，暴风雨就要来了，我们必须赶紧回家。"他们跑了起来，但他们自己也不知道怎么会这样：他们没有跑出树林，反而越陷越深。天越来越黑，大雨倾盆而下，电闪雷鸣！孩子们站在浓密的灌木丛旁。"克里斯特莉普，"菲利克斯说，"让我们进去躲一躲，这种天气不会持续太久。"克里斯特莉普害怕地哭起来，但还是按照菲利克斯的吩咐做了。但他们刚在茂密的灌木丛中坐下，在他们身后就响

起刺耳的咯吱声:"愚蠢的东西!头脑简单的人类,轻视我们,没有善待我们,现在你们没有玩具了,你们这帮头脑简单的东西!"菲利克斯环顾四周,他看到猎人和竖琴手从他把他们扔掉的灌木丛中站起来,用死气沉沉的眼睛盯着他,用它们的小手撕扯扭打。他感到十分害怕。此外,竖琴手拨弄琴弦,使它发出令人厌恶的鸣叫和叮当声,猎人甚至用它的小枪对准了菲利克斯。他俩都声音嘶哑:"你们等着,你这小子,你这丫头,我们是廷特导师的乖学生,他马上就要到了,看你们到时候还怎么嚣张!"孩子们吓坏了,他们不顾倾盆大雨、轰隆隆的雷声、肆虐过冷杉林的暴风雨,一路奔逃到树林边缘的大池塘边。但他们刚到那里,菲利克斯扔进去的克里斯特莉普的大洋娃娃就从芦苇丛中升了起来,发出刺耳的尖叫:"愚蠢的东西!头脑简单的人类,轻视我,没有善待我,现在你们没有玩具了,你们这帮头脑简单的东西;你们等着,你这小子,你这丫头,我们是廷特导师的乖学生,他马上就要到了,看你们到时候还怎么嚣张!"然后这个丑陋的洋娃娃把水滋到已经被雨淋湿的可怜的孩子们的脸上。菲利克斯受不了这可怕的惊吓,可怜的克里斯特莉普已经半死不活了,他们又逃跑了,但很快他们就因恐惧和疲惫而倒在了树林中央。这时在他们身后响起了嗡嗡声和咕哝声。"廷特导师来了。"菲利克斯大喊道,但就在这一刻,他也像可怜的克里斯特莉普一样晕了过去。

当他们从睡梦中醒来时，发现自己躺在一张柔软的苔藓座椅上。暴风雨已经过去，阳光明媚而亲切，雨滴像闪闪发光的宝石一样挂在亮晶晶的灌木丛和树木上。孩子们惊奇地发现，他们的衣服竟然完全干了，完全没有感觉到寒冷和潮湿。"啊！"菲利克斯高高地举起双臂喊道，"啊，陌生的孩子保护了我们！"菲利克斯和克里斯特莉普都大声喊起来，声音在树林里回荡。"啊，亲爱的孩子，回到我们身边吧，我们好想你，没有你我们活不下去！"

仿佛有一道明亮的光线透过灌木丛闪闪发光，花儿们也在这道光线的爱抚下昂起了头；但呼唤着可爱玩伴的孩子们却越来越伤感，他没有再出现。伤心的他们蹑手蹑脚地回了家。因为暴风雨而非常担心他们的父母，满心欢喜地迎接他们。冯·布拉克尔男爵说道："你们回来就好，我必须承认，我很害怕廷特导师还跟着你们，在树林里对你们围追堵截。"

菲利克斯把树林里发生的一切都说了出来。

"那些都是疯狂的想象，"冯·布拉克尔夫人喊道，"如果你们在树林里会幻想出如此疯狂的事情，那你们就不应该再去那里了，而应该待在家里。"

当然，这并没有发生，因为当孩子们向她请求："亲爱的母亲，让我们到树林里跑一会儿吧。"

冯·布拉克尔夫人会说:"去吧,去吧,回来的时候得好好的。"然而实际上,在短时间内,孩子们自己根本都不想进入树林。哦!陌生的孩子不见了,当菲利克斯和克里斯特莉普壮着胆子深入灌木丛或接近鸭塘时,猎人、竖琴小人和洋娃娃对他们极尽嘲讽:"愚蠢的东西,头脑简单的人类,现在你们没有玩具了,你们没有善待乖巧而有教养的我们。愚蠢的东西,头脑简单的人类!"这实在无法忍受,孩子们宁愿待在家里。

结　局

　　一天，塔德多厄斯·冯·布拉克尔男爵对冯·布拉克尔夫人说："我不知道，过去几天我怎么感觉如此古怪和奇妙。我几乎要相信，那个邪恶的廷特导师对我下了毒手，因为从我用苍蝇拍拍打他并将他赶走的那一刻起，我的四肢就像灌了铅一样。"

　　事实上，冯·布拉克尔男爵一天比一天虚弱，脸色也越来越苍白。他不再像以前那样在走廊上晃来晃去，也不再在屋子里跑上跑下地张罗，而是坐着沉思好几个小时，然后让菲利克斯和克里斯特莉普告诉他那个陌生的孩子的事情。于是孩子们满腔热情地谈起这个异乡孩子的美妙奇迹，谈起它璀璨耀眼的王国。然后他若有所思地笑了，眼泪夺眶而出。菲利克斯和克里斯特莉普如今在灌木丛和鸭塘里受到丑陋娃娃们的折磨，因而再也不敢进入树林。陌生的孩子避而不见，这让他们很不满意。"来吧，我的孩子们，我们一起去树林里吧，廷特导师的那些恶徒不会伤害你们的！"在一个美丽、明媚的早晨，冯·布拉克尔男爵对菲利克斯和克里斯特莉普这样说道，他牵着他们的手,和他们一起走进了树林,今天这里比以往任何时候都亮丽和芬芳,还充满了歌声。当他们躺在芬芳的花丛下柔软的草地上时,冯·布拉克尔男爵开始说道:"亲爱的孩子们,这件事非常重要,我迫不及待地想告诉你们,这个可爱的异乡孩子,让你们在树林里看到如此多美妙的事物,我和你们一样认识它。当我像你们一样大的时候,也和你们一样,它来找我玩精彩绝伦的游戏。它是怎么离开我的,我一点都不记得了,我也无法解释我怎么会完全忘记了这个可爱的孩子,以至于当你们告诉我它的存在时,我根本不相信;尽管我也常常隐约质疑这件事的真实性。然而这几天,多年未曾想起的美好时光却历历在目。在我的记忆里,这个可爱的魔力小孩,如你们所见般与众不同,我也和你们一样满怀着对它的思念,这种思念让我心碎!我觉得这是我最后一次坐在这些美丽的树木和灌木丛下,我很快就要离开你们了,孩子们!等我死了,要牢牢记住那个可爱的孩子!"

菲利克斯和克里斯特莉普心痛至极,他们哭着喊着大声哀求:"不,父亲,不,父亲,你不会死的,你不会死的,你会和我们长长久久地在一起,像我们一样和陌生的孩子一起玩!"

但是第二天冯·布拉克尔男爵已经卧病在床了。一个高挑瘦削的男人出现了,他给冯·布拉克尔男爵把了脉,然后说:"他会熬过去的!"然而他并没有熬过去,第三天,冯·布拉克尔男爵就去世了。冯·布拉克尔夫人哭得那么惨烈,孩子们那么痛苦地绞着双手,他们哭得那么撕心裂肺。"啊,我们的父亲,我们亲爱的父亲!"不久之后,当四个来自布拉克海姆的农夫抬着他们的主人走向坟墓时,屋子里出现了几个丑陋的男人,长得跟廷特导师差不多。他们向冯·布拉克尔夫人解释说,他们将不得不没收布拉克尔男爵的全部财产和房子里的所有东西,因为已故的塔德多厄斯·冯·布拉克尔男爵欠下西普里安努斯·冯·布拉克尔伯爵的债务甚至比这些还要多得多,伯爵现在要求收回这笔债。所以现在冯·布拉克尔夫人变得一贫如洗,不得不离开美丽的布拉克尔海姆村。她想去找一个住得不远的亲戚,所以她把剩下的少许换洗衣物和外套捆成一个小包。菲利克斯和克里斯特莉普也不得不这样做,然后他们泪流满面地离开了房子。他们已经听到林间溪流急促的奔流声,当他们正要跨过溪流上的那座桥时,冯·布拉克尔夫人由于疼痛倒在地上不省人事。菲利克斯和克里斯特莉普跪倒在地,抽泣着哀叹道:"哦,我们这些不幸的孩子!没有人关心我们的苦难吗?"在那一刻,仿佛远处林间溪流的潺潺声变成了悦耳的音乐,灌木丛中发出不祥的低语声。很快,整个森林都闪耀着奇妙的火光。陌生的孩子从香气扑鼻的阔叶中出现,但被如此耀眼的光芒所包围，菲利克斯和克里斯特莉普不得不闭上双眼。这时他们感到自己被轻轻地抚摸着，异乡孩子甜美的声音响起："哦，别这样抱怨，我亲爱的玩伴！我不再爱你们了吗？我可以离开你们吗？不能！你们没有看见我吗，我一直在你们身边徘徊，用我的力量帮助你们，让你们永远幸福快乐。只要把我放在心上，就像你们一直以来所做的那样，那么邪恶的佩普瑟和其他对手就不能对你们做任何事！永远忠实地爱我！"

"哦，这就是我们想要的，这就是我们想要的！"菲利克斯和克里斯特莉普喊道，"我们全心全意地爱你。"

当他们再次睁开眼睛时，陌生的孩子已经不见了，但所有的痛苦都已离去，来自天堂的幸福感从他们内心升起。冯·布拉克尔夫人也慢慢地直起身子，说道："孩子们！我在梦中看到了你们，仿佛你们站在闪闪发光的金子中，这个景象让我感到奇妙的高兴和欣慰。"

孩子们的眼中闪耀着喜悦，他们绯红的脸颊容光焕发。他们讲述了陌生的孩子刚刚和他们在一起并安慰了他们的事；这时母亲说："我不知道为什么今天我会相信你们的童话故事，而且为什么所有的痛苦和忧虑都离我而去。让我们现在继续前行。"

他们受到了亲戚的热情接待，然后一切就如陌生孩子所承诺的那样。菲利克斯和克里斯特莉普所做的一切都非常顺利，他们和他们的母亲变得幸福而快乐，甚至在后来的时光里，他们在甜蜜的梦境中和陌生的孩子一起玩耍，它从未停止给他们带来它家乡最可爱的奇迹。